KB050592

참룡회귀록

참룡 회귀록 8

초판 1쇄 인쇄일 2019년 6월 14일 | **초판 1쇄 발행일** 2019년 6월 19일

지은이 정한솔 | **펴낸이** 곽동현 | **담당편집 팀장** 이범수
편집부 홍현주 정요한

펴낸곳 (주)조은세상 | 출판등록 제 2002-23호
주소 경기도 연천군 미산면 청정로 1355
TEL 편집부 02)587-2966 | FAX 02)587-2922
e-mail bukdu@comics21c.co.kr

정한솔 ⓒ 2018
ISBN 979-11-6432-303-6 | ISBN 979-11-89672-81-2(set) | 값 8,000원

斬龍回歸錄

참룡
회귀록

정한솔 신무협 장편소설

NEO ORIENTAL FANTASY STORY

8

북두
(주)조은세상

정한솔 신무협 장편소설

NEO ORIENTAL FANTASY STORY

CONTENTS

참룡
회귀록

斬龍回歸錄

참룡
회귀록

斬龍
回歸
鎖

50 章.

"어? 어?"

자신의 손이 닿을 수 없는 곳으로 찔러 들어오는 명진의 검. 전신을 흑의로 둘러싼 인영이 당황한 음성을 토해 내는 순간.

서걱!

명진의 검이 옆구리를 길게 훑고 지나갔다.

"크악!"

흑의인영이 옆구리를 움켜쥐며 그대로 무너져 내렸다.

그리고 그 뒤를 따르는 시커먼 도신.

아홉 개의 용을 두른 철무한의 구룡도가 흑의인영의 목을 날리자 팟하고 피가 튀었다.

예상치 못한 철무한의 움직임에 미처 피하지 못하고 고스란히 피를 뒤집어쓴 명진이 눈을 크게 뜨고 철무한을 쳐다봤다.

"너……!"

명진이 멈칫하는 순간 사방에서 세 개의 검이 쏟아졌다.

철무한이 도를 들지 않은 왼손을 명진을 향해 쭉 뻗었다.

평소라면 어림도 없겠지만 당황한 기색이 역력했던 명진은 차마 철무한의 손길을 피해 내지 못했다.

"비켜!"

철무한이 명진을 끌어냄과 동시에 구룡도를 떨쳤다.

명진처럼 적을 잡아채려는 부드러움도 없었고, 철가의 성명절기인 단목수처럼 모든 것을 부숴 버리려는 듯한 강맹한 기세도 없었다.

그러나 철무한과 무기를 마주친 이들은 하나같이 무기를 떨어트린 채 손목을 부여잡고 물러서기에 바빴다.

"윽!"

"이거 뭐야!"

"제, 젠장!"

그러나 자신의 미약한 내력으로 적을 제어할 수 있는 것은 잠시뿐.

저들에게 회복할 시간을 줘서는 안 된다고 생각한 철무한은 물러서는 적을 향해 득달같이 들러붙었다.

철무한의 도가 부챗살처럼 쫙 펼쳐졌다.

"어?"

"이, 이런!"

반응할 틈도 없이 단숨에 상대를 덮쳤다.

미처 대응하지 못한 두 개의 인영이 대나무처럼 쪼개져 나갔다.

"윽!"

"크악!"

그 순간 그 사이에서 팟하고 튀어 오르는 무언가가 있었다.

황급히 시선을 돌리는 철무한의 얼굴이 찌푸려졌다.

"죽어!"

한 놈을 놓친 것인지, 흑의인영 하나가 손에 날을 세운 채 그의 사각을 파고들고 있었던 것이다.

'조금…… 짧은가?'

자신의 도가 조금 짧았다.

찰나의 순간에 판단을 내린 철무한이 급하게 몸을 틀었다.

상처를 입는 것은 피할 수 없겠지만 조금이라도 피해를 줄여야 했다.

그리고는 그 결을 따라 구룡도를 자연스레 이어 가려는 순간.

팟하고 핏물이 튀어 올랐다.

"컥!"

이내 답답한 신음성을 흘리며 무너져 내리는 흑의인영.

그의 두 눈에서 생기가 급격히 빠져 나갔다.

남궁서천이 흑의인영의 심장에 박혀 있던 자신의 검을 쑥 뽑아 들었다.

"휘유…….."

철무한이 가만히 가슴을 쓸어내리고는 이내 남궁서천을 쳐다봤다.

"야, 고맙…… 어?"

남궁서천에게 시선을 돌리던 철무한이 눈을 동그랗게 떴다.

남궁서천이 피에 젖은 제 검을 멍청한 눈으로 주시하며 검을 잡은 손을 달달 떨고 있었기 때문이다.

철무한이 얼굴을 구겼다.

"젠장! 처음이었어?"

가뜩이나 만만치 않은 적들을 마주했다 생각했는데 짐덩어리가 하나 얹어졌다.

골치가 아팠다.

답답함에 한숨을 푹 내쉬는데, 싸늘하게 식어 버린 적의 시선을 이리저리 훑어보던 명진이 싸늘한 눈으로 철무한을 쳐다봤다.

"이게 무슨 짓이지?"

철무한이 명진을 쳐다봤다.

"뭐가?"

"이 사람 말이다. 꼭 그렇게 숨을 끊어야 했나?"

그 말에 철무한의 시선이 명진의 손가락이 가리키는 방향으로 향했다.

옆구리가 갈린 채 머리와 목 아래가 양단되어 바닥을 나뒹굴고 있는 한 구의 시신.

그것을 힐끔 쳐다본 철무한이 어이가 없다는 얼굴을 했다.

"새삼스럽게 왜 이래? 그럼 살려 줘서 뒤통수라도 때리도록 내버려 두란 거냐?"

"그럴 일 없었다. 더는 움직이지 못할 상태였으니까."

"그건 네 생각이고. 옆구리가 갈라졌어도 칼 들 힘은 충분하거든. 칼이라도 집어 던지면 그것도 변수라고."

"힘이 빠진 상태에서 집어 던지는 칼은 위협적이지 못하다. 저 사람 수준이라면 더더욱!"

명진이 눈에 힘을 줬다. 전혀 물러설 기색이 없어 보였다.

철무한이 얼굴을 구겼다.

"씨발. 내가 어지간하면 참으려고 했는데……"

순간, 구룡도를 들어 명진을 향해 겨누는 철무한.

목덜미에 아슬아슬하게 걸쳐진 구룡도를 힐끔 쳐다본 명진이 차갑게 눈을 굳혔다.

"뭐 하자는 거지?"

"몰라서 물어? 호 장로는 잘도 쳐 죽인 새끼가 뭐가 어쩌고 저째? 이제 와서 값싼 동정심이라도 생긴 거냐?"

"그건 상황이 다르다."

"다르긴 뭐가 달라? 죽이면 산다. 똑같아, 이 자식아! 이게 어디서 건방을 떨어?"

"뭐라고?"

"왜? 내 말이 틀려? 우리 할아버지, 하다못해 기아 그 자식도 너처럼 그딴 헛소리는 안 해! 왜? 헛짓거리하면 제 목숨이 위협을 받으니까! 근데 네가 뭐라고 살리네, 마네야? 실력 좀 늘었다고 눈에 뵈는 게 없어? 정신 차려, 이 시건방진 새끼야!"

"그건······."

명진이 눈을 동그랗게 뜨더니 이내 입을 다물고 말았다.

눈을 부라리던 철무한이 한순간 구룡도를 쉭하고 회수하더니 등을 보였다.

"이제부터는 내가 앞장선다."

"무슨 말이지?"

"네놈이 못 미덥다는 말. 난 아직 죽기 싫거든."

명진이 으드득 소리가 나도록 이를 갈았다.

그러나 철무한은 그의 심경 따위는 안중에도 두지 않은 채 여전히 멍청한 눈을 하고 있는 남궁서천을 향해 턱짓을 했다.

"저 자식 챙겨. 그냥 내버려 두면 진짜 죽어."

그리고는 비로소 한 걸음 옮기려는 찰나.

툭툭 소리가 나더니 다섯 개의 흑의인영이 철무한의 앞을 막아섰다.

"젠장……."

철무한이 긴장한 기색으로 구룡도를 들어 올렸다. 다섯이면 아슬아슬한 숫자였기 때문이다.

이게 될까 잠깐 고민하다가 이내 고개를 저었다.

'아니지. 난 앞만 뚫으면 되니까 나머지는 저 자식 몫이지.'

굳이 모두를 상대할 이유는 없었다.

길만 뚫고 지나가면 나머지는 명진의 몫. 남궁서천이라는 짐 덩어리를 짊어지고 있었지만 실력만큼은 확실한 그였다.

마음이 단단하지 못하다는 것이 불안하긴 했지만, 그렇다고 넋 놓고 제 목을 내어 줄 정도로 얼빠진 녀석이 아니라는 것에 희망을 걸어 보기로 했다.

생각을 마친 철무한이 눈을 빛내며 구룡도를 끌어올렸다.

"간…… 어?"

목소리를 낮게 깔며 으르렁거리던 철무한이 당황한 얼굴을 했다.

또 다른 다섯 개의 흑의인영이 앞선 이들과 마찬가지로 툭툭 소리를 내며 튀어나왔기 때문이다.

잠시 눈알을 데굴데굴 굴리던 철무한이 한순간 바닥을 툭 찍더니 미끄러지듯 뒤로 쭉 물러섰다.

제 의지와는 상관없이 앞으로 나서게 된 명진이 미간을 좁혔다.

"또 뭐냐?"

"아, 그게……."

철무한이 쑥스럽다는 듯이 어색하게 웃음을 보였다. 여심을 흔들어 놓던 바로 그 미소였다.

그러나 명진은 오히려 미간을 좁힐 따름이었다.

"웃지 마라. 뭐냐고 물었다."

딱딱한 명진의 말투에 철무한이 얼굴을 찡그렸다.

그러나 이내 아무렇지도 않다는 얼굴로 명진에게 말했다.

"역시 네가 앞에 서는 게 좋을 것 같아서……."

"뭐라고? 내가 미덥지 못하다고 한 건……."

철무한이 어깨를 들썩이며 명진의 말을 끊었다.

"난 아직 죽기 싫거든."

여전히 판단이 빠른 철무한이었다.

한여름에도 살을 엘 듯한 한기가 쭉 뻗어 들어왔다.

명진의 그것처럼 얇게 검기를 두른 모용기의 검이 그 가운데로 파고들며 요동쳤다.

스팟!

그러자 안개처럼 새하얀 무형의 기운이 갈가리 찢어지며 사방으로 파편을 날렸다.

투두둑거리며 얼음조각이 바닥을 때리는 소리가 요란하게 울려 퍼지는 가운데, 그사이 잽싸게 몸을 날리며 검을 찔러 넣던 모용기가 한순간 얼굴을 와락 구겼다.

"젠장!"

검 끝이 담재선이 남긴 잔상을 허무하게 갈랐기 때문이다.

스르륵 흩어지는 잔상을 감상할 여유도 없이 모용기가 급하게 검을 돌렸다.

그 순간 담재선의 장력이 모용기의 검면을 때렸다.

땅!

요란하게 금속음이 울려 퍼지는 가운데 모용기의 검 끝이 획 돌아갔다.

절호의 기회를 놓치지 않으려는 듯 눈을 빛내며 걸음을 크게 내딛어 단번에 거리를 좁히는 담재선.

그러나 그 역시 한순간 눈을 동그랗게 뜰 수밖에 없었다.

"흡!"

거무튀튀한 검자루가 그의 안면을 뭉개 버리려는 듯이 무섭게 날아들었던 것이다.

그것을 인지하기 무섭게 담재선이 상체를 크게 뒤로 젖히며 검자루를 피해 냈다.

"흥!"

그러나 그 정도는 예상한 바라는 듯 모용기가 코웃음을 치며 검자루를 끌어당겼고, 검날이 자연스럽게 담재선을 향하더니 뚝 떨어져 내렸다.

그러나 담재선 역시 이미 예측하고 있었다는 듯한 얼굴로 양다리에 힘을 가했다.

제자리에서 자연스러운 동작으로 툭 튀어 오르고는 뒤로 재주를 넘으며 단번에 모용기의 공세에서 벗어난 그가 마구잡이 장력을 뿌려 댔다.

그 뒤를 잡으려던 모용기가 사무치는 한기에 주춤하며 어쩔 수 없다는 얼굴로 검을 들었다.

검을 들어 침착하게 담재선의 장력을 갈라내던 모용기는 한순간 얼굴을 와락 구겼다.

"젠장!"

원형보다도 두 배는 더 두꺼워진 듯한 자신의 검.

속이 들여다보일 정도로 투명한 얼음이 빈틈없이 그의 검을 감싸고 있었다.

'이래서 저 아저씨 상대하기가 힘들다니까.'

지독한 한기에 무기가 버티질 못한다.

이대로 몇 번 더 부딪치면 자신의 검은 산산이 부서져 나갈 터였다.

검이 없이는 담재선을 상대할 자신이 없었다.

'할 수 없나?'

생각을 굳힌 모용기가 진기를 운용했다.

팟!

담재선이 뿜어내는 한기보다 더 시리도록 푸른 검기가 쭉 뻗어 나오며 검을 감싸고 있던 두꺼운 얼음을 산산조각 냈다.

유리조각처럼 투명한 얼음조각이 달빛을 받아 신비롭게 반짝이며 흩어져 내렸다.

한 걸음 물러서서 숨을 고르던 담재선은 위협적인 검기가 자신을 향하고 있음에도 오히려 웃음을 보였다.

담재선이 이전과는 달리 완연히 유형화된 모용기의 검기를 주시하며 입을 열었다.

"오래 버텼군."

모용기가 담재선을 노려봤다.

"아닌데. 생각보다 너무 못 버텼는데."

"자신감도 제법이고. 이런 상황만 아니었다면 내 딸아이와 짝이라도 지어 주고 싶구나."

호의가 깃든 담재선의 말에 모용기가 픽 웃음을 흘렸다.

"아저씨, 꿈도 꾸지 마. 난 이미 임자 있는 몸이라고."

"호오, 벌써 혼인을 한 건가? 아직 나이가 어려 보이는데?"

"그건 아니고."

"그럼?"

"나중에 혼인할 사람이 있다고."

그 말에 픽 웃음을 흘린 담재선은 여전히 검기를 두르고 있는 모용기의 검을 힐끔 쳐다보며 말을 받았다.

"그건 그 때 가 봐야 아는 거고. 어떤가? 이쯤이면 인사치레는 충분히 한 것 같은데."

담재선의 말에 모용기가 얼굴을 찡그렸다.

본격적으로 시작해 보자는 뜻이었다.

'에이 씨! 이거 말도 함부로 못 붙이니……'

주위를 휘휘 둘러본 모용기가 입 밖으로 흘러나오려는 욕지거리를 애써 참아 냈다.

포위하듯이 넓게 퍼져서 둘을 감싸고 있는 흑의인영들.

둘의 싸움에 휘말리지 않으려는 듯 제법 거리를 두고 있었지만, 그들이 존재한다는 것만으로도 안심할 수가 없었다.

'이럴 줄 알았으면 무한이네 할배한테 전음이나 가르쳐 달라고 하는 건데.'

뒤늦게 아쉽다는 감정이 들었다. 봉마곡에서 너무 여유를 부린 것이다.

짧게 고개를 저으며 잡념을 날리던 모용기.

그러나 이내 기겁을 하며 뒤로 물러설 수밖에 없었다.

"으헛!"

담재선의 신형이 한순간 불쑥 치고 들어온 탓이었다.

차가운 장력이 쉭 하고 뺨을 스쳐 지나갔고, 직후 밀려드는 따끔따끔한 느낌에 모용기가 얼굴을 구겼다.

"이 아저씨가 진짜! 비겁하게 말도 없이!"

모용기가 뒤로 물러서며 열십자로 검을 그었다. 유형화된 검기가 처음으로 담재선을 향해 날아들었다.

그러나 담재선은 모용기와 달리 물러서지 않고 자세를 낮췄다. 그리고는 모용기의 검기가 스쳐 지나기가 무섭게 튀어 오르며 단숨에 거리를 좁히려 했다.

"젠장!"

모용기가 필사적으로 검을 뻗었다.

쭉 뻗어 나오던 담재선의 신형이 모용기의 검기에 막히며 주춤하는 모양새였다.

그러나 그것도 잠시, 이내 사선으로 짧게 왔다 갔다 하며 모용기의 빈틈을 파고들려 했다.

모용기가 얼굴을 찡그렸다.

"아 진짜! 다가오지 말라고! 난 아저씨 싫다고!"

"미안하지만 그건 안 되겠다."

거리를 벌리려는 자와 좁히려는 자의 수 싸움이 치열하게 벌어졌다.

누가 자신의 공간에서 상대를 맞이할 것인가가 관건이었던 것이다.

조그마한 변수만으로 싸움의 향방이 달라지는 고수들 간의 격전에서 그 정도의 유리함이라면 승패를 결정하기에 충분했다.

그래서 서로가 필사적인 것이다.

조금은 장난스럽던 눈빛은 어느새 사라졌고, 진지함이 가득한 눈이 서로를 주시하는 가운데 연신 쾅쾅거리며 폭음이 터져 나왔다.

제법 거리를 두고 있었음에도 흑의인영들이 있는 위치까지 경력의 파편이 흩뿌려지며 우수수 흙먼지가 피어올랐다.

한 걸음 앞서 나와 둘의 싸움을 주시하고 있던 흑의인영이 뒷걸음질하며 손을 들었다.

"더 물러서라!"

충분하다고 생각했음에도 두 사람이 벌이는 싸움의 여파를 완전히 피해 내지 못했다.

크게 위협적이지 않은 수준이었지만 일단은 안전을 도모
하기로 했다.

조금 보수적이라 하더라도 고스란히 전력을 보존하는 것
이 해가 될 일은 없었기 때문이다.

모용기가 빠져나갈 틈이 없다는 것도 그러한 판단에 한
몫했음은 물론이었다.

그러한 그들의 모습을 모용기가 확인한 것은 담재선의
장력을 받아넘기며 억지로 다시 거리를 벌리던 순간이었
다.

"어⋯⋯?"

멀찍이 물러서 있는 흑의인영들.

그것을 확인한 모용기가 무슨 생각이 들었는지 눈빛을
반짝였다.

"이 정도 거리면 충분히⋯⋯ 으헉!"

눈알을 데굴데굴 굴리던 모용기가 기겁을 하며 불쑥 튀
어 올랐다.

쾅!

목표물을 잃은 담재선의 장력이 강하게 바닥을 때리며
우수수 흙먼지를 피워 올렸다.

그러나 담재선의 두 눈에는 실망감보다는 기대감이 덧씌
워졌다.

발 디딜 곳이 없는 허공으로 뛰어오른 건 명백한 모용기의 실책이었던 것이다.

'아직 미숙한가?'

의아하기도 했고, 조금 아쉽다는 생각도 들었다.

그러나 눈빛만큼은 냉정했다.

그리고는 단전 깊은 곳에서부터 진기를 끌어올렸다.

오래지 않아 담재선의 양손으로 빠지직하며 기파가 몰려들었다.

흐릿한 무형의 기운이 뭉쳐진 것처럼 보이던 이전과는 달리 하얀 기운이 유형화된 형체를 갖추며 모습을 드러냈다.

반드시 끝을 보겠다는 심산이었다.

'놈이 떨어져 내리기 시작할 때.'

그 때가 기회였다.

확실하게 숨을 끊을 작정이었다.

그것이 상대에 대한 예우라 생각했다.

그리고 오래지 않아 치솟아 오르던 모용기의 신형이 느릿해졌다.

곧 정점에 다다를 것이다.

담재선이 두 눈을 가늘게 뜨며 모용기를 노려봤다.

그 순간 모용기가 시선을 내리더니 담재선과 눈을 맞추며 히죽 웃음을 보였다.

"응?"

담재선의 눈가에 짧게 의문이 스쳤다. 그러나 이내 눈을 크게 뜨며 당황으로 가득한 목소리를 토해 냈다.

"미, 미친!"

담재선의 두 눈을 가득 메우며 무더기로 날아드는 검기.

십여 개의 검기가 거의 시간차를 두지 않고 동시에 쏟아져 내렸다.

콰콰쾅!

툭!

가볍게 바닥에 내려선 모용기가 눈을 동그랗게 떴다.

"이, 이게……."

그리고는 지면에 깊은 상처를 남긴 탓에 자욱하게 피어오르는 먼지와 제 검을 번갈아 쳐다봤다.

"어느 정도 예상은 했는데……."

그의 표정에 놀란 기색이 역력했다.

생각보다 여력이 많이 남은 탓이었다.

문제는 자신의 예상치를 훨씬 웃도는 내력이 여전히 줄기차게 솟구치고 있다는 것이었다.

모용기가 미간을 좁혔다.

"이거 무한이 놈이 아니라 내가 먼저 한계를 점검해 봐야겠는데?"

눈알을 데굴데굴 굴리던 모용기는 짧게 고개를 저어 잡

넘을 털어 냈다.

"일단 이게 급한 게 아니고."

제법 시간이 지났음에도 여전히 흩어지지 않고 자욱하게 시야를 가리고 있는 흙먼지.

시선을 집중했지만 쉽게 속살을 드러내지 않았다.

"안 보이네."

제 눈으로 확인하는 것이 가장 확실했지만, 그렇다고 섣불리 접근하자니 꺼림칙했다.

그래서 이번에는 귀를 열었다

스스슷 하며 무언가 쓸려 나가는 미약한 소리를 어렵지 않게 잡아냈다. 그러나 그것뿐이었다. 경계하며 계속해서 귀를 기울였으나, 또 다른 소리는 전혀 잡아낼 수가 없었다.

"죽었나?"

기척은 둘째 치고 살아 있는 사람이라면 절대로 감추지 못하는 작은 숨소리조차 들려오지 않았다.

모용기가 저도 모르게 손을 들어 뺨을 긁적였다.

"진짜 죽었나? 그럼 곤란…… 하긴 개뿔! 잘 죽었네! 잘 죽었어!"

의외의 성과였다.

가장 까다로운 상대 중 하나였기 때문이다.

기회가 된다면 정리하고 가는 게 무조건 이득이었다.

기분이 좋은지 모용기가 히죽히죽 웃음을 보였다.

"그럼 이건 됐고."

모용기가 시선을 돌렸다.

멍청한 눈으로 그곳을 쳐다보고 있던 흑의인들이 눈을 마주치기 무섭게 몸을 움찔 떨었다.

"서른? 아니, 그보다 좀 많나?"

조금 수가 더 많았으면 좋겠다는 생각이 얼핏 스쳐 지나갔다.

하나라도 더 잡아낸다면 결국에는 도움이 될 거라는 생각이었다.

그러나 모용기는 냉큼 고개를 저었다.

"아니지. 바가지로 바닷물을 퍼낸다고 해도 티도 안 날 텐데……."

줄어들면 줄어드는 만큼 계속 채워 넣을 것이다.

오히려 더 채워 버릴지도 모를 일이었다.

저들은 충분히 그럴 만한 힘이 있었다.

생각을 정리한 모용기가 검 끝을 돌렸다.

"어?"

"이, 이런……."

싸늘한 예기에 흑의인영들이 주춤거리며 한 걸음씩 물러섰다.

입장이 뒤바뀐 것이다.

자신들이 모용기를 사냥하는 것에서 모용기가 자신들을 상대하는 것으로.

모용기가 소리 없이 웃더니 목소리를 냈다.

"그렇게 긴장할 건 없고. 금방 끝나, 금방."

장난스런 말투가 오히려 더 위협적으로 비춰졌는지 흑의 인영들이 긴장한 기색이 역력한 모습으로 마른침을 꿀꺽 삼켰다.

그런 그들을 쳐다보며 검날을 비트는 모용기.

그리고는 단번에 적을 붕괴시키려 다리에 힘을 가하려는 순간!

스스슷!

"응?"

자욱하게 피어올랐던 흙먼지가 흩어지지 않고 오히려 한 점으로 뭉쳐지는 듯했다.

"어? 어?"

모용기가 당황한 얼굴을 하는 순간.

순식간에 한 점으로 뭉쳐진 둥그런 구체가 그를 향해 무섭게 날아들었다.

"제, 젠장!"

모용기가 급하게 검을 내리그었다.

둥그런 구체가 단번에 반으로 쪼개지며 모용기를 스쳐 지나갔다.

쾌쾅!

등 뒤에서 폭음이 들려오더니 흙먼지가 자욱하게 피어오르는 가운데 모용기가 얼굴을 찌푸렸다.

"뭐야? 안 죽었어?"

이내 그의 눈앞에 모습을 드러내는 한 사람.

단정하게 빗어 넘겼던 머리카락은 어느새 사방으로 흩날리고 있었고.

군데군데 찢어진 새하얀 백의 사이로 가늘게 피를 흘리는 속살이 비쳐졌다.

얼핏 보기에도 낭패한 모습이었으나, 핏발이 선 채 모용기를 노려보는 그의 두 눈은 분노로 붉게 물들어 있었다.

담재선이 상처 입은 맹수처럼 목소리를 으르렁거렸다.

"내가 죽기를 바라고 있었나?"

"그거야 당연……."

냉큼 고개를 끄덕이려던 모용기가 한순간 멈칫하더니 어설프게 웃음을 보였다.

"아, 아니, 그럴 리가…… 다행이네. 많이 안 다쳐서……."

"진심인가?"

"당연하지. 혹시라도 잘못된 건 아닐까 내가 얼마나 걱정했는데?"

모용기의 능청에 담재선이 픽 웃음을 흘렸다.

그러나 두 눈에 깃든 살기만은 전혀 변함이 없었다.

"쓸데없는 걱정을 했군. 차라리 내가 죽기를 기도하는 것이 나았을 것인데……."

말끝을 흐리던 담재선이 한순간 눈을 빛내더니 그의 신형이 양쪽으로 흔들렸다.

어지럽게 잔상을 남기며 순식간에 거리를 좁히는 담재선을 보며 모용기가 얼굴을 찡그렸다.

"이럴 줄 알았으면 더 세게…… 아, 아니 더 살살 칠걸."

푹!

"악!"

단말마의 비명과 함께 핏물이 팟 하고 튀어 올랐다.

재빨리 몸을 빼서 핏물을 뒤집어쓰는 것은 피할 수 있었지만, 비릿한 혈향이 후각을 괴롭히는 것만큼은 어쩔 도리가 없었다.

철무한이 얼굴을 구겼다.

"그래도 이건 좀 심한데……."

철무한이 못마땅하다는 얼굴로 한숨을 푹 내쉬는데, 남궁서천이 딱딱한 얼굴로 철무한에게 다가섰다.

"넌 어떻게 그렇게 할 수 있는 거지?"

"뭐가?"

남궁서천이 싸늘하게 식은 시체를 불안하게 떨리는 눈으로 힐끔거렸다.

"이것 말이다. 어떻게 그렇게 쉽게……."

자신 역시 어렵지 않을 거라 생각했었다.

그래서 실제로 행동으로 옮겼다.

그러나 생각과 현실의 괴리는 생각보다 컸다.

비릿한 혈향과 함께 핏물이 팟 하고 튀며 시야가 붉게 물든 순간.

또렷하던 눈동자가 생기를 잃어 가며 급격하게 흐려지는 것을 마주하는 순간.

주체할 수 없을 만큼 온몸이 덜덜 떨려 왔다.

검을 타고 올라온 끔찍한 느낌은 흡사 온몸에 벌레가 기어 다니는 듯했다.

소름끼치는 느낌에 차라리 정신을 놓고 싶은 생각이었다.

두 번 다시 검을 들기 싫을 정도였다.

한데 철무한은 그 끔찍한 짓을 계속해서 반복하고 있었으니, 자신이 못 하는 것을 아무렇지도 않게 해내는 그를 보며 의문이 든 것이다.

그러나 철무한은 눈을 찌푸렸다.

"나는 뭐 좋아서 하는 줄 알아? 나도 하기 싫다고."

의외의 대꾸에 남궁서천이 눈을 동그랗게 떴다.

"그런데 왜……."

"왜는 왜겠어? 살려고 하는 거다. 저거 내버려 둬서 어쩌자고? 그러다 뒤통수라도 맞으면 저기 누워 있는 건 쟤들이 아니라 우리가 될지도 모르는데 가만히 있어?"

"그, 그래서……."

"그래. 나도 싫다, 싫다고. 내가 무슨 사람 백정도 아니고. 젠장!"

살기 위해서 하는 짓이라고 하지만, 살인이 마음에 들지 않는 것은 그 역시 마찬가지였다. 저항하지 못하는 상대의 숨통을 끊어 내는 것은 더더욱 마음에 들지 않았다. 그러나 꼭 필요한 일이었고, 자신이 아니면 할 사람이 없었기에 억지로 나선 것이었다.

남궁서천이 음울한 눈으로 철무한을 쳐다보며 입을 다물었다.

그때, 여태껏 등을 보이고 있던 명진이 나직이 한숨을 쉬며 중얼거리듯 말했다.

"미안……."

"응?"

철무한의 귀가 쫑긋거리더니 이내 손을 들어 귀를 후비적거렸다.

"내가 뭘 잘못 들었나?"

명진이 얼굴을 찌푸렸다.

그리고는 재차 입을 열려 철무한을 돌아보려는 순간.

콰콰쾅!

멀리서 폭음이 터져 나왔다.

"응?"

명진이 날카롭게 눈매를 좁히며 시선을 틀었다.

철무한이 그와 비슷한 얼굴을 하며 입을 열었다.

"저거 아무래도 기아 같은데…… 맞지?"

명진이 고개를 끄덕였다.

"아마도……."

그리고는 대뜸 걸음을 옮기기 시작하는 명진이었다.

철무한이 급하게 손을 뻗어 그의 팔을 낚아챘다.

"어? 너 어디 가?"

명진이 철무한을 힐끔 돌아보며 짧게 대꾸했다.

"기아한테."

예상했던 대답에 철무한이 얼굴을 찡그렸다.

"그래도 될까? 저 혼자 달려간 걸 보면 생각이 있어서 그
런 것 같은데……."

"그렇다고 내버려 둘 수는 없지 않나?"

그 말을 끝으로 가볍게 팔을 흔들어 철무한의 손을 털어
낸 명진은 다시금 걸음을 옮겼다.

힘없이 툭 떨어지는 자신의 손을 보며 미간을 좁히는 철

무한. 이내 짧게 고개를 저으며 명진의 뒤를 따라붙으려던 그가 갑자기 고개를 돌렸다.

그리고는 여전히 심란한 얼굴로 머뭇거리는 남궁서천을 향해 목소리를 냈다.

"뭐 해? 안 가?"

남궁서천의 얼굴에는 여전히 망설임이 남아 있었다.

그러나 더 이상 자신을 돌아보지도 않고 걸음을 재촉하는 둘을 보며 한숨을 푹 내쉬고는 어쩔 수 없다는 얼굴로 둘의 뒤를 따라붙었다.

그리고 몇 번의 폭음이 더 터져 나오는 동안 명진과 철무한의 걸음이 점점 더 빨라졌다.

따라잡기가 버거웠다.

급히 움직인 탓인지 얼마 움직이지도 않았음에도 급격하게 숨이 차오르며 저도 모르게 호흡이 거칠어졌다. 몸을 움직이는 것이 점점 더 불편해졌다.

그러나 남궁서천은 우는 소리를 하지 않았다.

이를 악문 채 두 눈에 핏발을 세우며 끈덕지게 둘의 뒤로 따라붙었다.

그런 남궁서천을 힐끔 돌아본 철무한이 한쪽 눈을 찡그렸다.

'명진 이 자식만 그런 줄 알았더니, 정무맹 애들은 하나같이 독종이네.'

지금 같은 상황에서는 짐이 되지 않으려 용을 쓰는 남궁 서천이 기꺼워야 했다. 그러나 철무한의 얼굴에는 어딘지 모를 불편함이 깃들어 있었다.

철무한이 짧게 고개를 저어 상념을 털어 냈다.

'그것도 나중에나 생각해 볼 일이고, 일단은 이 일부터……'

턱!

"어?"

명진과 가볍게 몸을 부딪친 철무한이 걸음을 멈췄다.

그리고는 의문이 깃든 얼굴로 명진의 뒷모습을 쳐다봤다.

"왜?"

명진이 뒤도 돌아보지 않은 채 짧게 대꾸했다.

"다 왔다."

"응? 벌써?"

명진의 말에 철무한이 주의를 환기시키며 시선을 들려는 순간.

쾅!

귀를 먹먹하게 만드는 어마어마한 폭음이 터져 나오더니 시커먼 물체가 쿵 하며 그들의 앞에 떨어져 내렸다.

"뭐, 뭐야!"

철무한이 반사적으로 구룡도를 세웠다.

명진이 바닥을 콕 찍더니 빠르게 치고 나갔다.

"어? 야 인마!"

당황이 묻어나는 철무한의 음성을 뒤로하고 뭉게뭉게 피어오르는 흙먼지를 검으로 휙 그었다.

자욱하게 회색으로 피어오르는 흙먼지에 한 줄기 선이 쭉 그어지는가 싶더니 단숨에 흩어져 내렸다.

그 모습에 철무한이 눈을 동그랗게 떴다.

"어, 언제 저렇게……."

또 한 번 성장했다는 것이 확연하게 눈에 보였던 것이다.

명진의 신기에 입을 쩍 벌리고 있던 철무한이 한숨을 푹 내쉬었다.

"이거 진짜 평화 협정이라도 맺어야 하나?"

철무한이 고개를 절레절레 젓고는 털레털레 걸음을 옮겼다.

그리고는 명진의 뒤로 다가가 고개를 쏙 내밀었다.

"뭔데? 갑자기 왜…… 어라?"

철무한이 또 다시 눈을 동그랗게 떴다.

창백한 얼굴을 한 채 입가에 가는 핏줄기를 흘리며 억지로 몸을 일으키려 하는 한 사람.

모용기가 그의 시야를 가득 채웠기 때문이다.

"어? 너 왜 이래? 대체 누가 너를……."

그 순간 명진이 모용기의 앞으로 나서며 검을 휙 그었다.

소리 없이 밀려오던 싸늘한 한기가 이전처럼 스르륵 흩어져 내렸다.

이제는 완연히 산발을 한 담재선이 호기심이 깃든 눈으로 명진을 쳐다봤다.

"호오. 이 녀석도 제법이구나."

그리고는 여전히 바닥에 주저앉아 있는 모용기를 힐끔 내려다보고는 다시 진기를 끌어올리기 시작했다. 고요한 공간에 담재선을 중심으로 파지직 기파가 퍼져 나가는 듯했다.

단순히 진기를 끌어올린 것뿐임에도 명진은 명진은 심각한 위협을 느꼈다.

뺨이 따끔따끔한 느낌에 명진이 얼굴을 딱딱하게 굳히며 검을 들려 했다.

그러나 누군가 자신의 다리를 붙잡는 느낌에 미간을 좁히며 뒤를 돌아봤다.

모용기가 명진의 다리를 잡고 몸을 일으켰다.

"끙차."

철무한이 비틀거리는 모용기를 얼른 부축했다.

"야, 너 괜찮냐?"

그가 내상을 입었다는 것은 언뜻 보기에도 확신할 수 있었다.

흐트러진 외형과는 달리 여전히 스스로 움직이고 있다는

점에서 그리 심각하지 않은 내상이라는 것을 짐작할 수는 있었지만, 그래도 위험하다는 것은 여전했다.

그러나 모용기는 어느새 한결 나아졌다는 듯이 고개를 저었다.

"괜찮아. 저 아저씨가 생각보다 세게 때리긴 했는데, 이 정도쯤이야 뭐. 그보다……."

모용기가 명진을 쳐다봤다.

"야, 튀자."

"뭐라고?"

명진이 눈매를 좁혔다.

마음에 들지 않는다는 듯이 목소리에 뾰족하게 날이 섰다.

그러나 모용기는 명진의 시선을 외면하며 주위를 휙 둘러봤다.

"너무 많아. 여기서 죽을 생각이 아니면 내 말대로 해."

담재선과 손을 섞는 사이 흑의인영들이 더 몰려들었다. 이제는 얼핏 봐도 반백은 넘는 것 같았다.

이긴다 진다를 확신할 수는 없었지만, 한 가지는 확실했다. 싸워서 득이 될 것은 없다는 것이 바로 그것.

모용기가 먼저 바닥을 콕 찍었다.

여전히 빠르기는 했지만 이전처럼 따라잡을 엄두를 못 낼 정도는 아니었다.

"야! 같이 가!"

철무한이 훌쩍 몸을 날리며 남궁서천의 전면에서 불쑥 튀어나오더니 그의 팔을 낚아챘다.

"어? 뭐 하는……."

그러나 대답보다 행동이 먼저였다.

철무한이 또다시 훌쩍 몸을 날리자 남궁서천이 힘없이 딸려갔다.

여전히 검을 빼 든 채 그 모습을 물끄러미 쳐다보고 있던 명진이 시선을 돌려 여전히 싸늘한 눈을 하고 있는 담재선을 쳐다봤다.

조금은 미련이 남았다는 듯이 아쉬움이 남은 눈길이었다.

그러나 이내 획 고개를 돌리더니 순식간에 한 점으로 멀어져 갔다.

그리고 여전히 등을 보인 그들을 쳐다보고만 있는 담재선.

그의 뒤로 급하게 접근해 온 이전의 그 흑의인영이 다급하게 목소리를 냈다.

"뭐 하는 겁니까? 얼른 쫓아야…… 흡!"

그러나 말을 끝까지 잇지 못하고 급히 숨을 들이켤 수밖에 없었다.

담재선의 싸늘한 눈길이 자신에게로 향했기 때문이었다.

바짝 얼어 있는 흑의인영을 한동안 노려보며 날을 세우던 담재선은 한순간 후 하고 한숨을 내쉬었다.

"쫓지 마라."

"예?"

흑의인영이 눈을 동그랗게 뜨다가 말도 안 된다는 듯이 고개를 저었다.

"그, 그게 무슨! 어……?"

그러나 이내 당혹감이 가득한 얼굴로 담재선의 옆구리를 쳐다봤다.

지혈을 하려는 듯 단단히 움켜쥔 손가락 사이로 핏물이 뚝뚝 떨어져 내리고 있었다.

"다, 다치셨습니까?"

담재선은 대답 대신 모용기 등이 떠나간 자리를 다시 한 번 쳐다봤다.

이제는 흔적조차 찾아볼 수 없을 정도로 멀어졌다는 것을 어렵지 않게 알 수 있었다.

그제야 그 자리에 털썩 주저앉는 담재선.

"괜찮으십니까?"

흑의인영의 목소리에 담재선이 고개를 저었다.

길게 갈라진 자신의 옆구리를 힐끔 쳐다본 그는 모용기가 사라진 자리로 다시 한 번 시선을 줬다.

그리고는 불만스럽다는 목소리로 중얼거렸다.

"너무 길게 베었어……."

미약하지만 호롱불을 흔들리게 하기엔 충분할 정도의 바람이 불어왔다.

그 바람을 느낀 것인지 침상에 누워 잠들어 있던 한 소녀의 얼굴이 살짝 찌푸려졌다.

곁에서 그 모습을 물끄러미 내려다보고 있던 담재선이 입을 열었다.

"왔으면 들어오지 않고 게서 뭘 하고 있는 게냐? 얼른 들어와서 문 닫거라. 바람이 차다."

담재선의 말이 끝나기가 무섭게 불쑥 모습을 드러내는 한 사람.

모용기였다.

방 안으로 들어와 열린 창문을 조심히 닫은 모용기가 담재선의 옆으로 다가갔다.

"얘야? 아저씨 딸이?"

"그래."

돌아보지도 않은 채 고개를 끄덕이는 담재선.

그러자 모용기의 시선이 그의 눈길을 따라 이동했다.

이윽고 그의 두 눈을 사로잡는 한 소녀.

핏기 하나 없이 창백하고 살짝 여윈 듯한 안색에 조금은 가려진 듯했지만, 본연의 미모를 완전히 감추지는 못했다.

여전히 뚜렷한 이목구비와 가녀린 턱 선이 시선을 잡아끌었다.

이렇듯 아파서 침상에 누워있지만 않았다면, 제갈연이나 백운설 못지않은 미모를 뽐냈을 거란 생각이 들 정도의 미인이었다.

모용기가 살짝 입을 벌렸다.

"헤…… 예쁘네."

순수한 감탄이었다.

그것을 알아본 담재선의 얼굴에 슬며시 미소가 어렸다.

그러나 그것도 잠시, 담재선이 표정을 딱딱하게 굳히며 모용기를 돌아봤다.

"그런데 내 딸이 아프다는 것은 어떻게 알았지?"

"응?"

모용기가 담재선과 시선을 맞췄다. 마음속 깊은 곳까지 꿰뚫어보려는 듯 이글거리는 그의 시선을 마주하던 모용기가 한순간 히죽 웃어 보였다.

"비밀."

모용기의 장난스런 얼굴에 담재선이 미간을 좁혔다.

"손을 잡으려면, 서로에 대해 조금은 알아야 하지 않겠나? 그래야 신뢰가……."

"순진한 소리는 하지 말고."

"뭣이?"

"그렇잖아. 내가 누군지, 아저씨 딸이 아픈 걸 어떻게 알았는지는 중요한 게 아니야. 진짜 중요한 건 내가 아저씨 딸을 고칠 수 있을지도 모른다는 거지."

담재선의 눈빛이 깊어졌다. 가만히 입을 다문 채 한동안 모용기를 쏘아보던 그가 이내 다시 고개를 젓고 말았다.

"그럴 듯한 말이지만 틀렸다. 네가 우리 설아를 고칠 수 있다는 걸 어떻게 믿지? 결국은 서로에 대한 신뢰가 필요한 일이다."

담재선의 표정은 여전히 단호한 기색을 내비치고 있었다.

아무래도 얘기가 길어질 것 같았던지, 모용기가 고개를 휘휘 돌리더니 한쪽 구석에서 의자를 가져와 담재선과 마주앉았다.

그리고는 담설이라 불린 소녀를 힐끔거리며 입을 열었다.

"아저씨, 이거 고독 맞지?"

찰나였지만 담재선의 눈빛이 흔들렸다.

용케 그것을 놓치지 않은 모용기가 입꼬리를 슬며시 추켜올리는데, 담재선이 억지로 표정을 굳히며 다시 질문했다.

"그걸 어떻게 알았지?"

"그러니까, 그게 중요한 게 아니라니까?"

여전히 제 하고 싶은 말만 하는 모용기의 모습에 담재선은 울컥 화가 치밀어 올랐다.

그러나 겉으로 표하지는 않았다.

어찌 되었든 자신이 약자라는 것은 변함이 없었으니까.

억지로 화를 눌러 삼킨 담재선이 질문을 수정했다.

"그럼 넌 고칠 수 있나?"

모용기가 냉큼 고개를 저었다.

"아니, 난 못 고쳐."

"이⋯⋯!"

그 말에 담재선의 얼굴이 단숨에 새빨개지며 기파가 훅 하고 몰아쳤다.

모용기가 자신을 조롱하고 있다고 여긴 게다.

그때, 모용기가 불쑥 검을 뽑아 담재선과 담설 사이의 빈 공간으로 재빠르게 찔러 넣었다.

자신과 딸의 사이를 차지한 모용기의 검을 힐끔 쳐다보며 담재선이 으르렁거리는 듯한 목소리를 내뱉었다.

"무슨 짓이냐?"

"몰라서 물어? 그럼 아저씨 딸내미 깨도록 그냥 내버려 둘까?"

그때 담설이 작은 신음을 흘리며 뒤척거렸다.

"으음……."

담재선의 기세가 조금은 누그러졌다.

그러나 이글거리는 눈으로 모용기를 노려보는 것은 여전히 멈추지 않았다.

"지금 날 놀리는 건가?"

"그건 아니고."

"그럼?"

"다시 말하지만 난 못 고쳐. 그렇지만 이걸 고칠 수 있는 사람은 알고 있지."

모용기를 압박하던 기운이 단번에 사라졌다. 담재선의 얼굴은 여전히 불그스레했지만 이전과는 다른 의미였다. 담재선이 조급한 듯한 말투로 입을 열었다.

"정말이냐? 정말 고칠 수 있나? 그게 누구……."

그러나 모용기는 다시 한 번 고개를 저으며 담재선의 말을 끊었다.

"사실 그 사람이 고칠 수 있을지, 없을지는 나도 잘 몰라."

"너……!"

담재선이 두 눈을 부릅뜨며 또다시 진기를 끌어올리려는 듯하자, 모용기가 냉큼 입을 열었다.

"그러나 한 가지는 확신해. 그 사람이 못 고치면 저걸 고칠 수 있는 사람은 이 세상에 아무도 없을 거야."

담재선이 입을 다물었다.

그리고는 탐색하는 듯한 눈으로 한참이나 모용기를 쳐다보더니 불쑥 입을 열었다.

"내가 왜 확신도 없는 일에 설아의 목숨을 걸어야 하지? 그럴 바엔 차라리 너를 잡아다 바치는 쪽이 낫지 않겠나? 그편이 더 확실할 것 같은데."

담재선의 말에 모용기가 한숨을 푹 내쉬었다.

그리고는 딱하다는 눈으로 담재선과 시선을 맞췄다.

"아저씨가 그냥 순진한 줄만 알았는데, 이제 보니 순진한 게 아니라 멍청한 거였네."

"뭐라고?"

"아니라고 말하지 마. 멍청한 게 아니면 그딴 말은 못 할 테니까. 날 잡아다 바쳐? 어이가 없어서 진짜."

모용기가 어처구니가 없다는 얼굴로 고개를 절레절레 저었다. 그러나 담재선은 오히려 더 눈빛을 이글거렸다.

"내가 못 할 것 같은가? 더욱이 이곳에 나 혼자만 있는 것도 아니지. 내가 목소리라도 높이면 사방에서……."

모용기가 픽 웃으며 진지한 얼굴로 목소리를 내는 담재선의 말을 끊었다.

"해 봐."

"뭐?"

"사람 말 못 알아들어? 해 보라고. 한번 소리 질러 보라고."

"이, 이놈!"

담재선이 자리에서 벌떡 일어섰다. 두 눈에는 핏발이 섰고, 숨소리가 거칠어졌다. 그러나 한참이 지나도 목소리를 높이지는 못하는 모습이었다.

이러지도 저러지도 못하는 담재선을 쳐다보며 모용기가 쯧 하고 혀를 찼다.

"거봐, 못 하잖아. 아저씨도 아는 거잖아. 저들이 절대 고쳐 줄 리 없다는 거. 지금처럼 때 되면 적선하듯 약 하나 던져 주고 평생을 질질 끌고 다닐 거라는 거."

모용기가 의자에서 몸을 일으키더니 담재선과 시선을 마주했다.

"난 딱 한 번 아저씨를 쓸 거야. 그 전에 기회가 되면 그 사람한테 아저씨 딸도 한번 보여 주고. 그 때 고칠 수 있으면 아저씨가 내 말 한 번 들어주면 돼."

여전히 망설임이 가득한 얼굴로 모용기와 시선을 마주한 담재선.

장고에 장고를 거듭했는지, 시간이 조금 지난 후에야 그가 입을 열었다.

"만약 못 고치면?"

"지금과 달라질 게 없는 거지. 지금처럼 저들이 이끄는 대로 질질 끌려 다니면 돼. 그리고 날 죽이려 이를 갈면 되는 거고."

모용기의 말에 담재선이 흠칫 몸을 떨었다.

"지금 그 말은…… 내 딸을 데려가겠다는 말인가?"

"그럼 지금처럼 아저씨가 데리고 있겠다고? 꿈 깨. 그런 식으로는 오래 못 버텨. 기껏해야 십 년? 십오 년? 오래 버티면 이십 년 정도는……."

눈알을 굴리며 계산하는 듯하던 모용기가 이내 고개를 휘휘 저었다.

"어쨌든, 저런 것을 몸에 쌓아 놓고 천년만년 살 줄 알았어? 저거 품고 있는 것 자체가 수명을 갉아먹는 일이라고. 뭐 어떻게 몸이 튼튼해서 버틴다고 쳐. 그런데 해약이라는 게 한동안 발작을 못 하도록 묶어 놓는 정도던데, 그것도 시간 지나면 분명 안 듣기 시작할걸? 오래 못 버텨. 가급적이면 빠르게 씻어 내야 해."

그 말에 담재선의 표정에 난처한 기색이 역력했다.

어렴풋이나마 짐작하고 있었으나 애써 외면해 왔던 일이었던 게다.

그때 무든 다른 생각이 떠오른 것인지, 담재선이 표정을 바로 하며 물음을 던졌다.

"넌 마치 저들이 누구인지 안다는 말투로군."

"알지. 아주 잘 알지."

"어떻게 아냐고 물어도 대답해 주지 않을 테고…… 그런데도 덤비겠다고?"

"그러니까 내가 여기 이러고 있는 거지. 그게 아니면 뭣하러 여기서 아저씨랑 한가하게 얘기나 하고 있겠어? 바닥에 납작 엎드려서 저들 발바닥이나 핥거나 벌써 튀거나 했겠지."

"흐음……."

담재선이 단정하게 정리된 자신의 수염을 쓰다듬었다. 그러나 길게 고민할 일은 아니었다. 애초에 그가 선택할 수 있는 길은 하나뿐이었기 때문이다.

"내가 뭘 하면 되지?"

"말했잖아. 지금처럼 저들한테 질질 끌려 다니다가 내 부탁 한 가지만 들어주면 된다고."

담재선이 잠깐 생각에 빠졌다. 하나 모용기의 의도를 알아차리는 데는 그리 오랜 시간이 걸리지 않았다.

"목 밑에 비수를 하나 숨겨 두겠다는 거군."

모용기가 새삼스럽다는 얼굴로 담재선을 쳐다봤다.

"이렇게 말귀 잘 알아듣는 아저씨가 아까 전에는 왜 그렇게 멍청한 척 굴었대?"

담재선이 눈을 찌푸렸다.

"시끄럽다. 그보다 우리 설아를 데려갈 방법은 있는 건가? 그냥 이대로 데려가면 저들이 분명 의심을 품을 텐데……."

"그래서 말인데……."

자신의 말을 끊는 모용기를 보며 담재선이 혹시나 하는 기대감을 품었다.

"뭔가? 뭔가 방법이……."

"아니. 난 혹시 아저씨가 무슨 방법이 없나 했는데?"

어색하게 웃는 모용기를 보며 담재선이 울컥하는 얼굴이었다. 뺀질뺀질한 얼굴에 저도 모르게 숨소리가 거칠어졌다.

"이 빌어먹을 자식이……."

불편한 심사를 그대로 드러내 주듯 목소리가 으르렁거렸다. 모용기가 흠칫하며 뒷걸음질 쳤다.

"아저씨, 지금 그렇게 흥분할 때가 아니고……."

"입 닥쳐라, 이 개자식. 그냥 널 쳐 죽이고……."

그때 청아한 목소리가 둘 사이로 끼어들었다.

"그 방법 제가 알아요."

"응?"

담재선의 눈동자가 반사적으로 목소리의 근원지로 향했다.

그곳에는 야윈 얼굴이 무색하게 맑은 눈동자를 지닌 담설이 두 사람을 올려다보고 있었다.

참룡
회귀록

斬龍
回歸
錄

51 章.

"잡아! 잡아!"

가슴이 쩍 벌어진 채 피를 콸콸 쏟아 내며 악을 쓰는 담재선.

그러자 검은 인영들이 사방에서 들불같이 일어섰다.

"잡아라!"

"거기 멈춰!"

제법 큰 성에 자리한 번화가였지만 그들은 아랑곳하지 않았고, 크게 크게 걸음을 옮기며 지붕과 지붕 사이를 획획 넘어 다니는 한 사람을 뒤쫓았다.

"꼭 이렇게 해야 했어?"

추격을 뿌리치며 이동하던 모용기가 제 품에 안긴 담설

을 질책이 담긴 눈으로 내려다봤다.

하나 그의 품에 머리를 기댄 채 고개를 들지도 않고 대꾸하는 담설이었다.

"어쩔 수 없잖아요. 그렇지 않으면 저들이 의심할 테니까. 그건 모용 공자도 원하는 바가 아니잖아요."

"그렇긴 하지……."

어쨌건 담재선은 저들 사이에서 움직여야만 했기 때문이다.

그러나 여전히 불편하다는 기색을 지우지 않고 담설을 내려다보던 모용기가 다시 입을 열었다.

"근데, 꼭 그렇게 내 품에 달라붙어 있어야……."

보드라운 느낌은 둘째 치고 살짝 벌어진 앞섶 사이로 스며드는, 조금은 뜨겁게 느껴지는 숨결이 영 불편했다.

괜히 얼굴로 열이 몰리는 듯한 기분이 들었고, 담설의 허리를 잡은 손가락이 쓸데없이 움직이지 않도록 신경을 써야 했다.

그러나 담설은 아랑곳하지 않더니 오히려 모용기의 품속으로 더 깊이 파고들었다.

"어? 자, 잠깐! 이러지 말고……."

"어쩔 수 없잖아요. 난 지금 기절한 거라고요."

"에이 씨, 진짜……."

모용기가 얼굴을 찌푸리다가 고개를 절레절레 젓고 말았다.

'그냥 차라리 빨리 가고 말지.'

그편이 빠르다 여겼다.

애써 담설의 숨결에 신경을 끊은 그가 두 다리에 힘을 가하는 순간.

"어? 어?"

"뭐가 저렇게⋯⋯!"

이전보다 더 빨라진 그의 몸놀림에, 검은 인영들은 따라붙을 생각도 못 한 채 그 자리에 멈춰 서서 입을 쩍 벌렸다.

고개를 돌려 그들을 힐끔 바라보며 히죽 웃음을 보이는 모용기였다.

그리곤 다시 정면을 바라보며 어느새 코앞까지 다가온 높은 성벽을 확인하고는 호흡을 가다듬었다.

"멈춰라!"

일단의 병사들이 모용기를 향해 무기를 겨누고 있었다. 개중에는 활을 겨누고 있는 병사들도 있었다.

"마지막 고비거든. 조금 거칠게 움직여야 할지도 모르니까 당황하지 말고."

"걱정 말아요."

담설의 차분한 대꾸에 모용기가 고개를 끄덕였다.

그리고는 바닥을 콕 찍으며 단숨에 성벽 위로 모습을 드러냈다.

"⋯⋯어?"

"저, 저……!"

단숨에 삼 장 높이를 뛰어오른 자신을 보며 병사들이 당황한 모습을 한눈에 살필 수가 있었다.

그러나 이 정도로는 조금 부족하다 여긴 것인지 모용기가 자신의 검을 종으로 내리그었다.

"다 비켜!"

촤악!

새파란 검기가 채찍처럼 뻗어 나가며 성벽에 길게 상처를 남겼다.

"어? 어?"

"이게 무슨……!"

병사들이 당황하는 틈을 놓치지 않고 모용기가 단숨에 그 사이를 관통했다.

한 동작으로 성벽을 벗어난 모용기가 다시 담설을 내려다봤다.

"이제 다 왔다."

담설이 그제야 고개를 들어 보석같이 반짝이는 두 눈으로 모용기와 시선을 맞췄다.

"다행이에요."

"뭐가? 저기 빠져나온 게? 겨우 이 정도로……."

"그게 아니고요."

모용기의 말을 끊으며 고개를 내젓는 담설.

그 모습에 모용기가 의문을 품었다.

"그럼 뭐가?"

그러나 담설은 답이 없었다.

대신 서서히 멀어져 가는 성벽을 물끄러미 쳐다볼 뿐이었다.

부스럭.

"응?"

순간 느껴지는 미약한 기척.

모닥불을 뒤적이던 철무한이 구룡도를 끌어당기더니 눈을 가늘게 뜨며 시선을 돌렸다.

"나야."

나무 뒤로 모용기가 모습을 드러내자 철무한이 얼굴을 찌푸렸다.

"넌 또 어딜 갔다 오는 거냐? 아직 몸도 성치 않으면서…… 어라?"

성을 내며 말을 잇던 철무한이 말끝을 흐리며 놀란 기색을 보였다.

모용기 혼자가 아니었던 게다. 뒤늦게 그의 품에 안긴 자그마한 인영을 눈치 챈 철무한이 눈을 동그랗게 떴다.

"누, 누구……."

"아, 얘? 그러니까…… 어? 자, 잠깐!"

철무한에게 담설을 소개하려던 모용기가 당황해하며 담설을 밀어내려 했다.

낯선 얼굴을 마주한 담설이 모용기의 품으로 더 파고들었던 게다.

"아니, 그렇게 긴장할 것 없다니까?"

그러나 긴장한 얼굴의 담설은 쉽게 떨어져 나가지 않았다.

품 안의 담설을 쳐다보며 모용기가 난감한 얼굴을 하는 그때, 철무한이 눈을 가늘게 떴다.

"너 설마 이거……."

모용기가 냉큼 고개를 저었다.

"아니거든? 그런 거 아니라고."

"그럼 뭔데?"

"그러니까 이게……."

입을 열던 모용기가 슬며시 말끝을 흐렸다. 마땅히 설명할 말이 떠오르지 않은 탓이었다.

철무한이 픽 웃음을 보였다.

"뭘 그렇게 당황하고 그래? 우리 아버지가 그러셨거든. 자고로 사내란 삼 처, 사 첩도 흉이 아니라고. 오히려 자랑으로 여겨야 된다고."

"뭔 소리야? 그게 왜 자랑이야?"

"그게 다 능력이 있다는 증거라고. 너도 생각해 봐. 풀뿌

리나 캐 먹으면서 삼 처, 사 첩이 가능할 것 같아? 그것도
아무나 못 하는 거라고."

논리적으로 반박할 거리가 없었다. 가만히 입을 다물던
모용기가 문득 떠오른 생각에 다시 철무한을 쳐다봤다.

"근데 너희 아버지는 혼자잖아?"

"그렇지."

"너희 아버지 정도면 삼 처, 사 첩이 아니라 십 처, 이십
첩은 가뿐할 것 같은데, 왜 혼자야?"

"아, 그거?"

철무한이 이상하다는 눈으로 모용기를 쳐다봤다.

"너 진짜 몰라서 물어?"

"응? 뭘?"

"우리 외할아버지. 우리 아버지가 후처라도 들이면 외할
아버지가 잡아먹으려고 하실걸? 그래서 집에 못 들이는 거
고."

"집에 못 들이는 거? 그럼 혹시……."

"당연하지. 우리 아버지가 군데군데 숨겨 놓은 첩이 얼마
나 많은데. 두 손, 두 발을 다 동원해도 못 셀 정도로 한참
많을걸?"

제 아버지가 무척이나 자랑스럽다는 투로 말하는 철무한
이었다.

그런 그를 어처구니없다는 표정으로 쳐다보는 모용기였

으나, 이내 알 만하다는 얼굴로 고개를 끄덕였다.

"네가 누굴 닮았나 했더니……."

그러나 어느새 모용기에게서 관심을 끊어 버린 철무한은 얼굴만 빼꼼히 드러낸 담설을 쳐다보며 입을 헤벌렸다.

"우와…… 미인……."

하나 철무한과 눈길이 맞은 담설은 냉큼 고개를 돌리더니 다시 모용기의 품으로 얼굴을 묻었다.

"아, 그러니까 좀…… 괜찮다니까."

입을 꼭 다문 채 자신의 품에 딱 달라붙은 담설을 억지로 밀어내려 하는 모용기를 철무한이 부럽다는 눈으로 쳐다봤다.

"이건 아닌 척하면서 능력도 좋다니까."

"뭔 소리야, 그건 또?"

"아니, 그렇잖아. 연아도 그렇고, 백 소저도 그렇고. 게다가 우리 소화까지 홀리더니 어디서 또 이런 미인을……."

한순간 철무한이 은근한 얼굴을 하더니 모용기를 툭툭 쳤다.

"비결이 뭐냐? 대체 비결이 뭐길래 하나같이 미인들만……."

"시끄러, 자식아! 그런 거 아니니까?"

"아니긴 뭐가 아냐? 원래 처음에는 다……."

"아니라고, 자식아!"

모용기가 와락 얼굴을 구겼다. 철무한이 움찔하더니 딴 청을 부렸다.

"이건 시도 때도 안 가리고……."

모용기가 못마땅하다는 얼굴로 철무한을 쳐다보며 혀를 찼다. 그러나 이내 고개를 휘휘 돌려 주위를 살폈다.

"명진이랑 그 자식은?"

"어? 걔네들? 이제 곧 올걸? 사냥하러 간 지 꽤 됐으니까."

"사냥?"

"뭐 좀 먹어야 할 거 아냐? 맨날 육포에 풀떼기만 먹으니 물려 죽겠다더라."

"그럴 시간 없는데……."

"응? 뭐가? 또 무슨 일인데? 너 또 무슨 사고 쳤어?"

모용기가 얼굴을 찡그렸다.

"이 자식이…… 내가 무슨 사고를……."

"왜? 그게 네 전공이잖아? 틈만 나면 두드리고, 부시고."

"시끄러, 자식아. 그런 게 아니라…… 음?"

모용기가 시선을 돌렸다. 한 박자 늦게 같은 것을 느낀 철무한이 모용기의 시선을 따라갔다.

"애들 오나 보다."

잠시 후, 명진과 철무한이 양손에 주렁주렁 무언가를 든 채 모습을 드러냈다.

철무한이 얼른 앞으로 나서서 손을 내밀었다.

"어디 보자. 새도 있고, 토끼도 있고. 모처럼 포식하겠네."

철무한이 만족스럽다는 얼굴을 했다.

그러나 모용기는 또다시 고개를 저었다.

"그럴 시간 없다니까?"

"왜 또?"

철무한이 불만스럽다는 얼굴을 했다.

명진이 모용기를 쳐다봤다.

"무슨 일이냐? 이 소저는 누구지?"

"아, 그게……."

어디서부터 설명해야 할지 감이 잡히지 않았다. 생각보다 긴 이야기였기 때문이다.

"그건 나중에 설명하기로 하고 일단 튀자."

여태껏 입을 다물고 있던 남궁서천이 딱딱한 얼굴로 모용기를 쳐다봤다.

"너 또 무슨 사고……."

"아니라니까! 아니라고! 사고 친 게 아니라…… 에이 씨. 일단 가자고. 나중에 설명해 줄 테니까."

모용기가 여전히 담설을 품에 안은 채 먼저 움직이기 시작했다.

토끼며 새 따위를 양손에 주렁주렁 들고 있던 철무한이

아깝다는 듯이 입맛을 쩝쩝 다셨다.

"모처럼 제대로 된 것 좀 먹어 보나 했더니."

모용기가 철무한을 힐끔 돌아봤다.

"그렇게 아까우면 가져가든가. 나중에 먹으면 되니까."

"그래도 돼?"

"안 될 게 뭐가 있어? 가지고 가서…… 어라?"

모용기가 시선을 내렸다. 담설이 모용기의 가슴을 톡톡 두드렸기 때문이다.

"왜?"

담설이 철무한의 손에 들린 것을 힐끔 쳐다보더니 겨우 모용기에게만 들릴 정도로 작은 목소리로 대꾸했다.

"안 될 것 같은데……."

"응? 안 돼? 저거? 갑자기 왜?"

"피 냄새……."

"응?"

여전히 들릴 듯 말 듯한 작은 목소리였으나, 그것을 용케 알아들은 모용기가 흠칫 몸을 떨었다.

그리고는 철무한을 돌아보며 입을 열었다.

"야, 그거 혹시 상처라도 있는지 살펴봐."

"응? 이거?"

철무한이 제 손에 들린 것을 뒤적거렸다. 그리고는 오래 지 않아 남궁서천에게 건네받은 토끼에서 실처럼 가늘게 흘러내린 핏자국을 찾아낼 수 있었다.

"어? 진짜네? 이걸 어떻게 알았대?"

철무한이 신기하다는 눈으로 모용기의 품에 숨은 담설을 쳐다봤다.

모용기는 한숨을 푹 내쉬고는 고개를 저었다.

"그거 버려야겠다."

"어? 이걸 왜? 피 흘렸다고 해도 얼마 되지도 않는데 그 정도로는……."

"됐어, 버려. 문제가 될 만한 건 애초에 몸에 지니는 게 아니야."

그리고는 다시 몸을 돌려 걸음을 옮겼다.

뒤에서 철무한이 투덜거리는 소리와 함께 무언가가 풍덩 풍덩 물에 빠지는 소리가 들려왔다.

모용기가 다시 시선을 내렸다.

여전히 정수리만 보이는 담설을 향해 모용기가 입을 열었다.

"그런데 그건 어떻게 알았어?"

"예?"

"피 냄새 말이야. 내가 생각보다 예민한데 눈치 못 채고 있었거든. 그런데 넌……."

모용기가 문득 입을 닫았다. 보석처럼 반짝이는 눈동자가 어느새 모용기의 눈을 가득 채웠기 때문이다.

담설이 눈이 살며시 휘어지더니 예의 그 낮은 목소리로
입을 열었다.

"제가 더 예민⋯⋯."

모용기가 멍하니 담설을 쳐다봤다. 그러나 이내 휘휘 고
개를 저었다. 그리고는 쯧 하고 혀를 차며 한마디 입을 열
었다.

"근데 말은 끝까지 해. 뭐가 그렇게 주눅이 들어서⋯⋯."

조고가 식은땀을 뻘뻘 흘렸다.

뱀을 앞에 둔 개구리처럼 바짝 얼어붙은 모습이었다.

그러나 왕진의 관심사는 조고가 아니었다.

왕진의 시선은 바짝 얼어붙기는커녕 평상시와 별다를 바
없는 태도를 취하고 있는 손환에게로 향해 있었다.

왕진이 불편하다는 얼굴로 손환을 노려봤다.

"그러니까, 일이 틀어졌다고?"

손환이 고개를 저었다.

"아직 계획대로 착착 진행되고 있습니다. 중간에 살짝 틀
어졌지만 그 정도로는⋯⋯."

"야 이 자식아!"

왕진이 대뜸 버럭 소리를 질렀다.

여느 사내와는 달리 고음의 목소리가 뾰족하게 날이 섰다.

그제야 움찔 몸을 떠는 손환을 향해, 왕진이 억지로 호흡을 가다듬으며 목소리를 냈다.

"지금 그걸 말이라고 해? 담재선이라고, 담재선. 너 담재선이 누군지 몰라? 황궁에서도 몇 안 되는 고수 중에 하나라고. 그래서 우리 아버님이 목줄 꽉 채워 놓고 애지중지하시던 건데, 그 목줄을 네가 풀어 버린 거라고. 그걸 지금 모르고 하는 말이야?"

손환이 여전히 침착한 얼굴로 고개를 끄덕였다.

"압니다."

"뭐, 뭐? 이 새끼, 지금 그걸 아는 놈이……."

"문제가 되지 않을 겁니다."

왕진이 얼굴을 찡그렸다. 그리고는 여전히 바짝 얼어 있는 조고에게로 시선을 돌렸다.

"조 공공. 저거 조 공공이 데려왔죠?"

"그, 그렇습니다."

"그럼 조 공공이 말해 봐요. 저거 어떻게 처리하면 좋을지. 그냥 깔끔하게 파묻어 버릴까?"

조고가 움찔 몸을 떨더니 왕진의 눈치를 보며 손환을 힐끔 쳐다봤다. 그러나 손환은 여전히 여유가 보였다.

조고가 눈을 찌푸리며 목소리를 냈다.

"뭐 하나? 어서 용서를 구하지 않고! 지금 네 녀석이 저지른 것은……."

그러나 조고는 끝까지 말을 이을 수가 없었다. 손환이 그의 말을 자르며 입을 열었기 때문이다.

"정말 그렇게 생각하십니까? 전 오히려 잘됐다고 생각하는데요."

"뭐, 뭐? 이 사람이 진짜……!"

조고의 눈에도 노기가 차오르기 시작했다. 그러나 손환은 모른 체 시선을 돌리더니 여전히 못마땅함이 가득한 왕진을 향했다.

"잘 생각해 보십시오. 이게 마냥 잘못된 일인지."

왕진이 얼굴을 찌푸렸다.

"뭔 소리야? 사나운 개가 목줄이 풀렸는데 그게 지금 잘된 일이라고? 그거 통제할 방법은 있고?"

손환이 왕진과 시선을 맞췄다.

그리고는 천천히 입을 열기 시작했다.

"사실, 목줄이 풀렸다고 보기는 무리가 있습니다. 오히려 더 단단히 묶였다면 또 모를까."

"이게 지금 뚫린 입이라고…… 내가 바보로 보여? 진짜 죽고 싶어?"

"그게 아니라, 음…… 이렇게 생각해 보십시오. 지금 제 목을 옭아매던 줄이 풀렸다고 담재선이 제 마음 내키는 대로 움직일 수 있겠습니까?"

"어? 그거야 당연……."

손환이 고개를 저으며 왕진의 말을 잘랐다.

"잘 생각해 보십시오. 제 목숨보다 중요하다는 딸을 잃었습니다. 그걸 혼자서 찾을 수 있겠습니까? 그가 무슨 정보망이 있어서? 그건 모래사장에서 바늘 찾기나 다름없습니다."

왕진이 눈을 동그랗게 떴다. 언뜻 듣기에는 틀린 말이 아니었기 때문이다. 그러나 이내 다시 얼굴을 찌푸리며 타박하는 어투로 말을 쏟아 냈다.

"그러다 저쪽에 붙어 버리면? 저쪽에 붙어서 제 딸을 찾는 조건으로 나불나불 다 불어 버리면? 그게 더 쉽다고 생각하지 않아? 그런 생각은 안 해 봤어?"

손환이 소리 없이 미소를 보였다. 어딘가 모르게 기분이 나빠지는 미소였다.

저도 모르게 왕진이 불편한 심기를 드러내려는 찰나.

손환이 먼저 입을 열었다.

"안 해 봤습니다."

"뭐? 뭐?"

"그런 짓을 했다가는 제독께서 해약을 끊어 버리실 테니까요. 그럴 일은 없습니다."

왕진이 입을 다물었다. 그리고는 한참이나 머리를 굴리

는가 싶더니 다시 손환을 쳐다봤다.

"그러다가 만약 그 계집애가 죽어 버리면?"

"그럼 또 그것대로 괜찮을 것 같습니다. 담재선이 복수를 하겠다며 길길이 날뛸 테니까요."

"그 복수가 혼자서는 어림도 없을 테고……."

자신의 말을 받는 왕진을 쳐다보며 손환이 이번에도 소리 없이 미소만 보였다.

왕진이 그제야 예전과 같이 헤실헤실 웃음을 흘리며 손환을 다시 쳐다봤다.

"어쩐지 아버님께서 가만히 계시더라니. 화가 나셨으면 벌써 불려가서 불호령이 떨어졌을 텐데…… 그럼 그건 그렇게 정리하고, 우린 뭘 하면 될까?"

감정의 기복이 심한 여인을 보는 느낌이었다. 일을 같이 하기 힘든 유형이라 생각했다.

그러나 아쉬운 것은 자신이다.

손환이 다른 생각을 하면서도 여전히 같은 얼굴로 입을 뗐다.

"일단 제독께 더 많은 고수들을 요구하십시오. 담재선 같은 고수를 지원받을 수 있다면 좋겠습니다만, 그게 아니라면 최대한 넉넉하게 숫자를 맞춰야 합니다."

"응? 고수를? 지금도 숫자가 많은데 더 필요하다고?"

손환이 고개를 끄덕였다.

"그렇습니다. 수만 충분하다면, 이번 기회에 정과 사를 완전히 갈라놓을 수도 있을 것 같아서 말입니다."

왕진이 눈을 반짝였다.

"정말?"

길을 걷다 보면 간혹 인적이 드물 때가 있었다. 그것은 사람이 사는 곳이라면 어디나 마찬가지. 황궁 역시 예외는 아니었다.

조고와 나란히 어깨를 맞추던 손환이 그것을 눈치 채고는 돌아보지도 않고 목소리를 냈다.

"어땠습니까?"

손환이 그러했듯 조고 역시 시선을 주지 않은 채 입을 열었다.

"나쁘지 않아, 나쁘지 않아. 그런데……."

"그런데…… 요?"

"조금 더 건방지게 보여도 좋아. 아니지. 확실히 그게 더 좋을 것 같다."

"그렇습니까?"

다시 한 번 확인하려는 듯한 손환의 질문에 조고가 고개를 끄덕였다.

"그래. 적당히 말도 안 듣고, 가끔은 그가 예상하는 범위를 넘어서서 움직이고. 그래야 그가 더 자네에게 관심을 가질 걸세. 잘생겼는데 고분고분한 사내보다, 잘생겼는데 말 안 듣는 사내에게 한 번이라도 더 눈길이 가는 것이 여인의 심리 아닌가? 그렇지 않나?"

"그렇습니까?"

"왜? 아닌 것 같나?"

"생각해 본 적이 없어서 그렇습니다. 굳이 여인을 유혹하려 애를 써 본 적이 없어서……."

손환의 말에 조고가 픽 웃음을 보였다.

"코딱지만 한 하문이라도 제왕 노릇을 하고 살았으니 그럴 만도 하겠지. 그러나 이제는 해야 할 걸세. 자네가 누렸던 것을 다시 누리고 싶을 테니까. 자네 아비가 죽은 이상 자네는 끈 떨어진 연 신세나 다름없다는 것은 잘 알고 있겠지? 내 말이 틀렸나?"

조고의 물음에 손환은 입을 닫고 침묵했다.

그가 어떤 심정일지는 굳이 확인하지 않아도 어렵지 않게 알아볼 수 있었다. 그러나 굳이 위로해 줄 필요를 느끼지 못한 조고였다. 다시 그 자리에 오르는 것은 어렵지 않은 일이기 때문이다.

"그러니 그 녀석에게 집중하게. 그 녀석 말 한마디면 이전보다 더한 것도 누릴 수 있을 테니까."

손환이 고개를 끄덕였으나 이내 난감하다는 얼굴을 했다.

"조 공공의 말씀, 이해했습니다. 그런데……."

"그런데?"

"조 공공의 말씀과 달리, 그가 저에게 그리 관심이 없는 것 같아서……."

조고가 시키는 것은 다 했지만 정작 왕진은 여전히 자신에게 별다른 관심을 보이지 않는 듯 보였던 게다.

처음 마주했을 때만 해도 호기심 같은 기색을 조금이나마 드러냈지만, 그 이후로는 시종일관 시큰둥한 얼굴을 하고 있었으니 의문이 들 수밖에 없었다.

그러나 조고는 이번에도 픽 웃음을 흘릴 뿐이었다.

"자네 말이 맞나 보군. 정말 여인에 대해 생각해 본 적이 없어."

"그게……."

"아니, 자네를 타박하는 것이 아닐세. 그렇게 마음 졸일 필요는 없다는 말이야. 잘 생각해 보게. 지금까지 자네가 몇 번이나 실수를 저질렀는가? 두 번? 세 번? 한데 그러고도 아직까지 자네는 살아 있지. 왕진 그놈의 원래 성질머리였으면 자네는 백번도 더 죽었어야 하는 게 정상인데, 오늘도 자네 말을 끝까지 들어 주지 않았나? 뭐 느껴지는 게 없나?"

"그, 그건 제 머리를 빌리려……."

조고가 고개를 저으며 손환의 말을 끊었다.

"착각하지 말게. 자네 정도 머리는 널리고 널렸으니. 원래 처음이 어려운 것인데, 나를 통해서 사람을 어떻게 구하는 것인지 이미 깨우친 놈일세. 그런 그놈이 자네 정도 머리에 의지할 것 같은가? 주제넘은 생각은 하지 않는 게 좋네."

무엇이든 다 내줄 생각이었지만 기분이 상하는 것은 손환 스스로도 어쩔 수 없었다. 손환이 지그시 입술을 깨무는데, 조고는 여전히 그에게 시선조차 주지 않고 다시금 입을 열었다.

"그러니까 쓸데없는 걱정은 하지 말고 내가 시키는 대로만 하면 되네. 오늘처럼 돌발적인 행동을 해서 곤란하게 만들지 말고."

"돌발적인 행동이라 하시면……."

"제독에게 고수를 더 요청하라고 했던 말 말일세. 대체 무슨 생각으로 그런 말을 꺼낸 겐가? 뒷감당할 자신은 있고?"

"뒷감당…… 말씀이십니까?"

"그래. 제독에게 무언가를 요청한 이상 왕진 그놈이 감당할 수 있는 선을 넘어선 게야. 혹여 일이 잘못되면 왕진 그놈이 아니라 제독이 직접 책임을 물을 것인데, 그것을 감당할 자신은 있느냐 묻는 걸세."

사실 감당하고 말고의 계제가 아니었다. 실패하면 제 목을 내놔야 할 것이기 때문이다.

그러나 손환은 크게 걱정하는 얼굴이 아니었다.

"실패하지 않을 테니까 감당할 일도 없을 겁니다."

확신에 가까운 자신감이었다.

근거를 물어보고 싶었지만 조고는 애써 입을 열지 않았다.

이미 벌어진 일이었으니 의미가 없다 여긴 게다.

그리고 제 선택을 믿지 못해서 안절부절못하는 것보다는 나은 것이라 생각했다.

그러나 손환과 같은 확신을 가지지는 않았다.

'세상일이 모두 마음먹은 대로 풀리는 것은 아니지. 뭐, 한 가지는 확실해지겠군. 왕진 그놈이 손환 저 녀석을 품고 갈 마음이 있는지, 없는지……'

모용기 일행은 여전히 사람의 눈을 피해서 움직였다.

모용기 딴에는 계산적인 움직임이었지만, 사정을 모르는 다른 이들은 그것까지 생각하지 못했다.

다행히 명진이나 원래 말수가 적은 남궁서천은 별다른 불만을 표시하지 않고 모용기가 이끄는 대로 움직였지만, 철무한은 달랐다.

철무한이 불만이 가득한 얼굴로 모용기를 쳐다봤다.

"야, 언제까지 산 타고 돌아다녀야 하는데? 씻지도 못하고 제대로 먹지도 못하고. 이러다가 진짜 탈 난다고."

앞장서던 모용기가 얼굴을 찌푸리며 철무한을 돌아봤다.

"이건 애도 아니면서 틈만 나면 칭얼거려? 좀 참아, 자식 아."

"그것도 하루 이틀이지, 벌써 열흘째다. 진짜 탈 난다 고."

"안 나, 안 나. 고작 이 정도 가지고 뭘."

그 말을 끝으로 고개를 홱 돌려 버리는 모용기였다.

요지부동이다. 귓등으로도 안 들어 먹을 기세였다.

그러나 철무한도 생각이 있었다.

"우린 그렇다 쳐도, 담 소저는 어쩔 건데? 그저께부터 조금만 움직여도 숨소리가 거칠어지는 게 확연하게 느껴지는데, 계속 그렇게 끌고 다닐 거야?"

그 말에 모용기가 멈칫하며 걸음을 멈췄다. 드디어 제 생각에 균열이 생긴 게다.

철무한이 그제야 안도의 한숨을 내쉬고 있는데, 모용기는 여전히 제 품 안에 있는 담설을 내려다봤다.

"좀 쉴까?"

담설이 모용기의 가슴에 머리를 기댄 채 새근거리듯 입을 열었다.

"괜찮아요."

그러나 괜찮다는 말과는 다르게 지친 기색이 역력했다.

쩝 하고 입맛을 다시던 모용기가 철무한을 돌아봤다.

"좀 쉬다 갈까?"

철무한이 반색을 했다.

"그, 그럴까? 그럼 잠시만 기다려 봐. 내가 둘러보고 어디 민가라도……."

혹여 말을 바꿀까 싶어 철무한이 서둘러 걸음을 옮기려 는 그때, 모용기가 고개를 내저었다.

"그건 안 돼."

"왜? 어차피 쉴 거면 조금이라도 편하게……."

"시끄러. 자리 잡고 불이나 피워. 빨리 움직이는 게 좋을 거야. 오래 못 쉬니까."

"또? 그래서는 피로도 안 풀린다고. 그러지 말고 담 소저 도 있는데……."

"안 된다니까! 흔적 남겨서 좋을 것 없다고 몇 번이나 말 해? 안 돼! 안 된다고!"

철무한이 눈빛을 바꿨다.

"대체 무슨 일인데 그래? 그 자식들은 대체 누구고? 딱 보 니까 패천성 애들은 아니고 정무맹 애들도 아닌 것 같은데, 대체 누구야? 누군데 우릴 쫓아다녀? 그거 피해서 도망 다 니는 것 맞지?"

작정을 하고 쏟아 낸 말이었다.

그러나 모용기는 여전히 말해 줄 생각이 없는 듯했다.

철무한이 답답하다는 얼굴을 했다.

"계속 그렇게 입 다물고 있을 거야? 한번 입장 바꿔서 생각해 봐. 너 같으면 아무것도 모르고 이렇게 질질 끌려 다니는데 그게 납득이 되겠어? 무슨 일인지는 알아야……."

그때 명진이 철무한의 앞을 막아서며 말을 끊었다.

철무한이 불만스럽다는 얼굴로 명진을 쳐다봤다.

"넌 또 왜?"

그러나 명진은 철무한을 돌아보지도 않고 모용기를 주시했다.

"말해 줄 수 없는 거냐?"

"아직은."

"이유는?"

"너희들이 알아서 좋을 게 없으니까."

"그건 누구 판단이지?"

"내 판단."

"확신할 수 있는 판단인가?"

"물론."

명진이 물끄러미 모용기와 시선을 맞췄다.

모용기는 전혀 거리낌이 없다는 눈빛이었다.

그것을 알아본 명진이 고개를 끄덕이며 시선을 돌렸다.

"불 피우겠다."

그 말을 끝으로 걸음을 옮기는 명진의 모습에; 철무한이 황당하다는 얼굴로 뒤를 따랐다.

"야, 그게 끝? 이걸로 끝이라고? 야 이 미친놈아."

그런 두 사람의 뒤를 따라 남궁서천이 움직이려는 그때, 모용기가 그를 불러 세웠다.

"야."

남궁서천이 시선을 돌렸다.

"왜 그러지?"

"다른 게 아니고, 넌 뭐 궁금한 것 없어? 혼자만 말이 없는 것 같아서."

남궁서천이 어깨를 들썩였다.

"그건 내 관심사가 아니니까."

"어? 뭐라고?"

"그건 내 관심사가 아니라고 했다."

모용기가 황당하다는 얼굴을 했다.

"관심사가 아니라고? 진짜 죽을지도 모르는데?"

"아니다."

"진짜? 아니, 대체 왜?"

"다른 게 내 머릿속을 가득 채우고 있어서…… 거기까지 신경 쓸 틈이 없다."

남궁서천은 말을 마치고도 한동안 모용기와 시선을 맞춘 채 움직이지 않았다.

그리고는 조금 시간이 지난 후에 휙 몸을 돌려 명진의 뒤를 따랐다.

그때까지도 두 눈만 깜빡거리던 모용기가 제 품에서 고개만 쏙 내밀고 있는 담설을 내려다봤다.

"쟤 대체 뭐야?"

담설은 대답 대신 소리 없이 웃기만 했다.

보잘것없는 모닥불이지만 불이 있는 것과 없는 것은 확실히 달랐다.

굶주린 배를 가득 채우고 은은하게 전해져 오는 열기에 몸을 맡기자 금세 몸이 노곤해졌다.

저도 모르게 감기는 눈에 꾸벅꾸벅 고개를 떨구는 담설.

그런 그녀를 힐끔 쳐다본 철무한이 모용기를 향해 질문을 던졌다.

"그건 그렇고, 이제 어쩔 건데? 그건 말해 줄 수 있겠지?"

모용기가 고개를 끄덕였다.

"일단 흔적 좀 지우고……."

"그 이상한 놈들을 떨쳐 내겠다는 거지? 그리고?"

모용기가 담설을 힐끔 쳐다봤다.

"내가 쟤네 아빠랑 약속을 했거든."

"약속? 무슨 약속?"

"쟤가 좀 아파. 그래서 그거 고쳐 주겠다고……."

모용기의 말이 끝나기도 전에 철무한이 얼굴을 찡그렸다.

"또?"

"응? 뭔 소리야? 또라니?"

"그렇잖아. 지난번엔 연아더니 이번에는 담 소저. 어째 하나같이 아픈 애들만 찾아내서 고쳐 주겠다고 설치는 거냐고. 무슨 놈의 오지랖이……."

"오지랖은 무슨. 그런 거 아니라고. 어쩌다 보니까 그렇게 된 거지, 나도 귀찮아 죽겠어."

"어쨌든 네가 맡은 건 맞잖아. 그게 오지랖이지, 뭔데? 그보다 이번엔 어디가 아픈 건데? 설마 또 독은 아니겠지?"

"어? 그걸 어떻게 알았어?"

모용기가 눈을 동그랗게 뜨자 철무한이 황당하다는 얼굴을 했다.

"진짜? 또 독이야? 이건 무슨 마가 꼈나, 만나는 여자마다 죄다 독이야? 이거 우리 소화 뜯어말려야 하는 거 아닌지 모르겠네."

"여기서 소화가 왜 나와? 걔를 여기에 왜 껴?"

모용기가 얼굴을 찡그렸다. 철무한이 어깨를 으쓱하더니, 담설을 힐끔 쳐다보고는 이내 현실을 짚어 갔다.

"근데 어쩔 건데? 네가 굳이 데리고 다니는 걸 보면 연아 때처럼 보통 독한 게 아닌 것 같은데."

"그렇긴 하지."

"그런 독이면 그렇게 시간이 많을 것 같지도 않고……

너도 알다시피 우리 할아버지는 무리일 것 같은데? 봉마곡이 언제 다시 열릴지도 모르니까."

운이 좋으면 내일이라도 당장 열릴 수 있겠지만, 운이 나쁘면 몇 년은 각오해야 할지도 모를 상황.

그렇다 보니 제 외조부인 유진산을 무작정 쳐다보는 것은 무리라 생각한 게다.

"그래서 어쩔 거냐?"

"의술에 정통한 사람이 중원에 너희 할아버지 하나만 있는 건 아니지."

"어?"

철무한이 언뜻 말뜻을 알아듣지 못했는지 눈만 깜빡거렸다. 그때 남궁서천이 대신 끼어들며 질문했다.

"설마…… 신의?"

모용기가 히죽 웃음을 보였다.

명진이 고개를 갸웃거렸다.

"너 신의가 어디 있는지 아는 건가? 그렇다면 왜 진즉에 그를 찾지 않고……."

모용기가 고개를 저었다.

"연아 때는 나도 몰랐어."

"그럼?"

"근데 이제는 알아. 아니, 알 것 같아."

철무한이 신기하다는 얼굴로 모용기를 쳐다봤다.

"진짜? 신의가 어디 있는지 알아? 그래서 지금 어디 있는데?"

"그건 같이 가 보면 아는 거고. 그 전에 일단 홍 방주님부터 만나야겠는데……."

"홍 방주님? 개방주?"

"그래. 그쪽에도 해결해야 될 일이 좀 있어서."

"해결? 설마 우리 아버지와 정무맹주? 그건 내가 신경 쓸 것 없다고……."

"그건 나도 알거든? 누굴 바보로 알아? 그게 아니라 홍 방주님한테 따로 부탁할 게……."

그때 꾸벅꾸벅 졸고 있던 담설이 어느새 맑은 눈동자를 드러내며 모용기를 쳐다봤다.

"그 일…… 신경 써야 할걸요?"

모용기가 담설을 쳐다봤다.

"그게 무슨 소리야?"

그러나 담설은 시선을 한곳으로 돌릴 뿐 아무런 대답도 하지 않았다.

하여 그녀의 시선이 향하는 곳으로 눈길을 돌리는 모용기와 철무한 등이었다.

이윽고 그들의 시선을 사로잡는 한 가지에 철무한이 고개를 갸웃거렸다.

시커먼 어둠만이 그들을 맞이하고 있었던 것이다.

"응? 거기 뭐가⋯⋯."

그러나 담설은 모용기를 쳐다보며 다시 입을 열었다.

"가깝잖아요."

"응?"

의미를 알아채기가 쉽지 않은 말이었다. 그 말에 숨은 진의를 파악하기 위해 미간을 좁히던 모용기가 무슨 생각이 들었는지 한순간 두 눈을 동그랗게 떴다.

"어? 그거 설마⋯⋯."

담설이 고개를 끄덕였다.

"좋은 기회잖아요. 제 발로 걸어 들어왔는데."

"이런 젠장!"

모용기가 얼굴을 와락 일그러뜨렸다.

그런 두 사람을 여전히 의아하다는 기색이 만연한 얼굴로 번갈아 쳐다보던 철무한이 질문했다.

"뭐야? 대체 뭔데 그래?"

모용기가 손을 휘휘 내저었다.

"입 좀 닥쳐 봐. 나 지금 생각하고 있는 거 안 보여?"

"아니 그러니까 그 생각을 같이 좀 하자고. 머리도 안 돌아가는 자식이 혼자 그런다고 설치지 말고."

"아! 닥치라고 좀!"

"아니 그렇게 성질 낼 일이 아니고 같이 좀⋯⋯."

그때 명진이 철무한을 툭툭 쳤다.

"왜? 또 그냥 내버려 두라고?"

"그래. 그냥 둬."

예상에서 한 치도 벗어나지 않는 답변에 철무한이 얼굴을 찡그렸다.

"이건 뭐 이렇게 끼고돌아? 너 쟤한테 돈이라도 빌려줬어? 무슨 말을 못 하게……."

그때 담설에게로 시선을 돌린 모용기가 입을 열어 철무한의 말을 잘랐다.

"너무 비약 아니야? 그런 짓 했다가 꼬리라도 잡히면 어쩌려고? 그건 저쪽도 싫을 텐데?"

"안 잡히면 되죠."

"아니, 그게 그렇게 쉬운 문제가……."

다소 회의적인 기색을 내비치는 모용기의 말을 불쑥 자르며 담설이 반문했다.

"가깝다고 했잖아요?"

"응? 그거야……."

"그래서 뒤처리도 쉬울 거고. 흔적은 없어요."

그 말을 끝으로 입을 다물어 버리는 담설이었다. 모닥불 탓인지 발그레 달아오른 그녀의 얼굴을 물끄러미 쳐다보던 모용기는 한숨을 푹 내쉬었다.

'젠장! 애들 보모 노릇은 재밌기라도 하지, 나이도 먹을 만큼 먹은 노친네들 똥을 닦아 줘야 한다고? 진산 이 빌어먹을 노친네!

불쑥불쑥 화가 치밀어 오르려 했다. 그러나 모용기는 화를 내는 대신 크게 심호흡을 하며 억지로 눌러 담았다. 그리고는 자신이 참아야만 하는 이유를 찾아 시선을 돌렸다. 담설이 쳐다봤던 바로 그 방향이었다.

'남경……'

모용기가 저도 모르게 이를 갈았다.

밤안개가 자욱하게 내려앉은 호숫가에 죽립을 깊게 내려쓴 채 낚싯대를 드리우고 있는 한 사람.

그런 그의 곁에는 한 사내가 한 걸음 뒤에서 공손하게 시립한 채 서 있었다.

그때, 누군가가 다가오는 소리에 시립해 있던 사람이 시선을 돌렸다.

"뭐냐?"

"어, 저 그게……."

무언가를 소곤거리던 수하는 사내가 고개를 끄덕이자 냉큼 멀어져 갔다.

그가 충분히 멀어진 것을 확인한 그는 그제야 죽립을 내려 쓰고 있는 이의 뒤로 다가섰다.

"성주님."

그 목소리에 죽립의 사내, 패천성주 철자강이 쯧 하고 혀를 찼다.

"형님이라 부르래도……."

못마땅하다는 감정이 잔뜩 묻어난 음성이었으나, 시립한 사내 철영강은 고개를 내저었다.

"그럴 수는 없지요. 자꾸 선을 허물다 보면 저 역시 위강이 형님처럼 되지 말란 법은 없으니까요."

철영강이 아픈 곳을 찌르자 철자강이 표정을 딱딱하게 굳혔다. 그러나 이내 안색을 고치며 철자강 역시 고개를 저었다.

"그런 걱정은 하지 않아도 된다. 네가 위강이와 다르다는 것을 잘 아니까. 그보다 정무맹주가 왔나 보구나."

"그렇습니다."

"빌어먹을 자식!"

진산을 떠올린 철자강이 이를 갈았다. 자세한 사정은 알지 못해도 그가 무슨 생각을 하는지는 어렴풋이나마 알고 있었다. 그 일에 자신을 끌어들인 것에 짜증이 일었지만, 그보다는 알면서도 받아 줄 수밖에 없는 자신의 처지에 화가 부글부글 끓어올랐다.

철자강의 숨결이 거칠어지자 철영강이 가만히 입을 열었다.

"성주님."

조용하지만 뚜렷하게 형상을 갖추며 피어오르던 기파가 일순 멈칫하며 확장을 멈췄다.

그리고는 오래지 않아 아무런 일도 없었다는 듯이 순식간에 자취를 감추자, 파동을 일으키던 호숫가는 이전처럼 고요함을 되찾았다.

후 하고 한숨을 내쉰 철자강이 고개를 끄덕였다.

"고맙구나."

"아닙니다. 그보다, 이제 정무맹주를 데려오겠습니다."

철영강이 꾸벅 고개를 숙이더니 멀어져 갔다.

그 모습을 물끄러미 쳐다보던 철자강은 이내 호수로 다시 시선을 옮겼다.

호수에 드리운 낚싯대가 간혹 심상찮은 움직임을 보여주고는 했지만, 철자강은 미동조차 하지 않았다. 먼 곳으로 시선을 두고 무언가 생각에 잠긴 모습이었다.

그러나 그러한 사색도 오래가지 못했다.

"성주님."

어느새 철영강이 다시 돌아와 그에게 고개를 숙이고 있었기 때문이다.

철자강이 시선을 돌리지도 않은 채 고개를 끄덕였다.

"너는 물러가 있거라."

그의 입술 사이로 흘러나온 나지막한 음성에 철영강은

한 걸음 물러서 있는 진산을 힐끔 쳐다봤다.

그러나 더 말을 하지 않고 철자강에게 다시 한 번 꾸벅 고개를 숙이더니 멀어져 갔다.

철영강이 멀찌감치 물러서고 나서야 철자강의 옆으로 다가가서는 진산.

아는 체도 하지 않는 철자강의 모습에 그의 얼굴이 찌푸려졌다.

"거, 사람이 왔으면 인사 정도는 해야 하지 않겠나?"

그러나 철자강은 여전히 시선을 주지 않은 채 입을 열었다.

"우리가 한가롭게 인사나 나눌 사이는 아니라고 생각하는데?"

"그거야 죽어라 치고받을 때나 하는 얘기고, 지금은 그런 것도 아니지 않나?"

"글쎄…… 네놈이 절강까지 내려온 것을 보면 죽어라 치고받아야 하지 않을까 하는 생각이 들기도 하고."

말 한마디, 한마디에 날을 세우는 철자강을 보며 진산이 한숨을 푹 내쉬었다.

그리고는 철자강의 옆자리에 주섬주섬 엉덩이를 붙였다.

"자네도 알지 않나? 없는 놈이 이 나이 먹고서야 밥그릇 좀 챙겨 보겠다는 거. 그러지 말고 한 번 눈 질끈 감아 주면……."

"그런 건 집안에서 해결했어야 할 일이지, 감히 성을 끌어들여? 패천성이 그렇게 만만해 보였나? 정무맹의 밥그릇 싸움에 이용하겠다는 생각이 들 정도로?"

"사람 참…… 무슨 말을 그렇게 하나? 이용이라니? 그런 게 아니고……."

철자강이 고개를 저어 진산의 말을 잘랐다.

"날 속이려 애쓸 필요 없다. 그러기에는 세월이 너무 많이 흘렀으니까."

철자강의 말에 진산이 입을 다물었다. 그리고는 무언가 생각이 가득한 눈으로 철자강을 물끄러미 쳐다보다가 조금 시간이 지난 후에 한숨을 푹 내쉬었다.

"뭘 원하나? 내가 뭘 내주면 되겠는가?"

원하는 게 없었다면 처음 만난 그 시각에 밥상을 뒤엎었을 철자강이다.

진산이 그 점을 놓치지 않은 것이다.

사실 약한 소리를 한 것도 조금이라도 내줄 것을 줄여 보고자 함이었다. 그러나 꿈쩍도 하지 않는 철자강의 태도에 그러한 시도가 먹히지 않음을 깨닫고 내려놓은 것이다.

'어차피 내 것도 아닌데, 뭐…….'

아쉽다는 마음을 쉽게 털어 낸 진산이 철자강을 쳐다봤다.

그러나 철자강은 고개를 저을 따름이었다.

진산이 미간을 찌푸렸다.

"아닌 척하면서 욕심은 많아 가지고. 그만 좀 튕기게. 얼마나 뜯어내겠다고……."

그러나 철자강은 다시 한 번 고개를 저었다.

"그런 게 아니야."

"아니긴 뭐가 아닌가? 그럼 정말 싸우자는 뜻인가?"

"그런 게 아니라고."

"그렇지? 확실히 싸울 생각은 아니겠지. 그럼 원하는 것이나 말해 보게. 뭔가? 뭘 원하나?"

철자강은 제 말을 쏙쏙 잘라먹으며 제 하고 싶은 말만 쏟아 내는 진산을 보며 미간을 찌푸렸다.

그러나 고개를 휘휘 저어 불쾌한 감정을 쉽게 털어 내고는 진산을 향해 입을 열었다.

"그건 내가 아니라 자네가 말해야 하는 거고."

"뭐, 뭐?"

"왜 그렇게 당황하나? 그건 자네가 말해야 하는 것이라고 했다. 말해 봐라. 일단 들어 보고 눈을 감을지, 칼을 뽑을지 선택하겠다."

진산이 얼굴을 찌푸렸다. 정말 쉽지 않다 느낀 것이다.

"그러지 말고…… 내가 제시하는 것 중에 선택하는 것보다 자네가 원하는 것을 가져가는 것이 좋지 않겠나?"

"흐음……."

철자강이 고민하는 얼굴을 했다.

그리고는 오래지 않아 처음으로 진산과 시선을 맞추며 입을 열었다.

"정말 내가 원하는 것을 말해도 되나?"

진산이 고개를 끄덕였다,

"어지간하면 들어주겠네. 그렇다고 감당할 수 없을 정도로 너무 큰 건 안 되고……."

"그 정도는 나도 안다."

"그럼 말해 보게. 뭘 원하나?"

철자강은 진산의 눈을 쳐다보며 딱 한마디만 했다.

"창룡."

그러나 그 말의 여파는 컸다. 진산이 흠칫 몸을 떨더니 심각한 눈으로 철자강을 쳐다봤다.

"차, 창룡? 그거 혹시……."

"맞다. 남궁 놈들의 창룡검대를 원한다."

"아, 아니 그걸 왜……."

진산이 황당하다는 얼굴을 하면서도 머리를 굴리는 것을 멈추지 않았다.

남궁세가의 창룡검대보다 훨씬 더 나은 것이 많다 여겼다. 그런데 굳이 그것을 원하는 저의가 궁금했던 것이다.

날카롭게 노려보는 진산의 눈빛에 철자강은 담담한 얼굴로 고개를 저었다.

"그렇게 볼 것 없어. 신응교에 갚아야 할 것이 있어서 그러는 것이니까. 그리고 자네가 절강을 제 집처럼 돌아다녔는데, 그 정도는 넘겨줘야 내 면이 살지 않겠나?"

그러나 그런 말에 쉽게 넘어갈 만큼 호락호락한 진산이 아니었다.

한참이나 고민을 거듭하던 진산이 날카로운 눈으로 철자강을 노려봤다.

"안휘를 통째로 가져가겠다고?"

철자강이 소리 없는 웃음을 보였다.

"확실히 그 정도는 되어야 공평하다고 생각하지 않나?"

"자네는 공평이란 말의 뜻을 모르는가 보군. 너무 과해."

"아니지. 잘 알아. 아주 잘 알지. 안휘 정도는 내놓아야 내가 눈을 감으면 자네가 취할 것들과 얼추 균형이 맞지 않을까? 나는 그렇게 생각하는데."

진산이 얼굴을 찡그렸다.

그러나 자신은 절강에 들어서는 순간부터 약자의 입장이었다.

어지간한 것은 들어주려 마음을 먹었지만 안휘는 그의 예상을 벗어난 것이었다.

진산이 여전히 내키지 않는다는 얼굴로 다시 말문을 열었다.

"꼭 안휘를 가져가야겠나? 아무리 창룡검대가 떨어져 나

간다고 해도 남궁은 여전히 쉽지 않아."

"그건 자네가 걱정할 바가 아니지. 자네 입장에서는 오히려 내가 안휘를 가져가기를 기도해야 되지 않을까?"

의외의 말에 진산이 언뜻 이해가 가지 않는지 고개를 갸웃거렸다.

"……그건 또 무슨 말이지?"

"무슨 말이긴. 오대세가에서 남궁이 빠지면 누군가는 그 자리를 채워야 한다는 말이지."

철자강의 말에 진산이 멈칫하며 얼굴을 딱딱하게 굳혔다.

완전히 굳어 버린 진산을 내버려 두고 철자강이 픽 웃으며 자리에서 일어섰다.

"생각이 정해지면 연락하도록. 물론 오래 기다리지는 못해."

그리고는 신형을 돌려 걸음을 옮기려는데, 다급한 걸음걸이로 다가오는 철영강의 모습에 철자강이 고개를 갸웃거렸다.

"무슨 일이냐?"

"성주님, 그게……."

철영강이 철자강에게 바짝 다가서더니 무언가를 속삭였다.

한껏 소리를 낮췄다고는 하나 진산 정도의 고수가 그것

을 놓칠 리는 없었다.

"그럼 전……."

철영강이 멀어지자 철자강이 이전보다 더 밝아진 얼굴로 진산을 돌아봤다.

반대로 진산의 얼굴은 이전보다 더 딱딱하게 굳어 있었다.

철자강이 환하게 웃으며 다시 바닥에 엉덩이를 붙였다.

"아무래도, 이야기를 다시 해야겠군."

진산이 와락 얼굴을 구겼다.

"빌어먹을……."

참룡회귀록

斬龍回歸錄

52 章.

안호석이 싸늘하게 식어 버린 양산호를 내려다봤다.

누구보다 믿을 만한 수하였다.

필요 이상으로 상대가 다가오지 못하도록 선을 긋는 특유의 성정 탓에 사사로이 가깝게 지냈다고 할 수는 없었지만, 누군가에게 등을 맡겨야 한다면 망설임 없이 선택할 수 있을 정도로 신뢰가 깊은 이였다.

음울한 눈으로 양산호를 내려다보던 안호석이 욕설을 내뱉었다.

"개같은 자식들……."

양산호의 명을 앗아 간 것이 확실하다고 생각되는 가슴팍의 큰 검상.

언뜻 보기에는 뭉툭한 몽둥이 같은 둔기에 당한 상처 같기도 했지만 검상이 확실했다.

이런 검상을 남기는 검을 쓰는 곳은 단 한 군데뿐이다.

"남궁……."

양산호를 한참이나 내려다보며 이를 갈던 안호석이 한순간 획 몸을 돌렸다.

"무사들을 모아라! 내가 직접 갈 것이다! 내 직접! 복수를 하겠다!"

안호석의 목소리가 넓디넓은 대전을 쩌렁쩌렁 울렸다.

대전을 가득 메우고 있던 무사들이 한 동작으로 한쪽 무릎을 꿇으며 예를 갖췄다.

"복명!"

정신없이 걸음을 옮기던 남궁서현이 문득 움직임을 멈추더니 뒤를 돌아봤다.

뒤따르던 남궁진우가 가쁜 숨을 토해 내며 남궁서현을 쳐다봤다.

"헉, 헉…… 왜 그러나?"

"아무래도 좀 쉬어야 할 것 같아서 말입니다."

남궁서현의 말에 남궁진우가 미간을 좁혔다. 그리고는

힐끔 뒤를 돌아보고는 어쩔 수 없다는 얼굴로 고개를 끄덕였다.

"그렇게 하세."

자신도 자신이지만 뒤를 따르는 대원들의 상태가 무척이나 좋지 않았다.

시간이 많지 않다는 것은 잘 알고 있었지만 다른 방법이 없다 생각했다. 대원들을 다 버리고 갈 것이 아니라면 조금이라도 몸 상태를 회복하도록 시간을 줘야 한다고 생각한 것이다.

남궁진우가 동조하자 남궁서현은 자신을 그림자처럼 따르는 남궁서진에게 턱짓을 했다.

그 의미를 어렵지 않게 알아차린 남궁서진이 부산하게 움직이기 시작했다.

"다들 멈춰! 여기서 잠시 휴식을 취한다!"

간절히 원하던 소리가 들려오자 그제야 다들 살았다는 얼굴이다.

그러나 그 자리에 주저앉는 것 같은 방만한 모습은 보이는 이는 없었다.

그저 두 다리로 서서 가만히 호흡을 고르를 뿐이었다.

남궁진우가 남궁서현을 쳐다봤다.

"우리는 일단 자리를 피하지. 좀 더 편하게 쉬도록."

"그러지요."

남궁서현이 고개를 끄덕이더니 어디론가 걸음을 옮겼다.

"어? 저기……."

남궁서현의 움직임에 대원들을 살피던 남궁서진이 급하게 따라잡으려 했다. 그러나 남궁진우가 손을 들어 남궁서진을 막았다.

"그럴 것 없네. 자네도 좀 쉬게."

"하지만……."

남궁진우가 고개를 저었다.

"그럴 것 없어. 대주에게는 내가 가 볼 테니까. 아, 가급적이면 불은 피우지 말고."

그리고는 휘적휘적 걸음을 옮기기 시작했다.

그리고 오래지 않아 커다란 나무에 등을 기대고 있는 남궁서현을 확인할 수 있었다.

남궁진우가 남궁서현의 옆으로 다가가 엉덩이를 붙였다.

"이거 참 곤란하게 됐어……."

신응교와는 원래 사이가 좋지 않았다. 그러나 전면전은 서로에게 득이 될 것이 없다는 것을 서로가 잘 알고 있었다. 그래서 전면전만큼은 의식적으로 피하고 있었던 터다. 남궁서천의 문제가 급하다고는 해도 창룡검대가 절강으로 들어온 것은 그런 계산이 깔려 있었다.

그리고 실제로도 틀리지 않은 판단이었다. 창룡검대가 절강으로 들어선 초기에는 신응교의 반응이 조심스러웠기 때문이다.

그런데 닷새 전부터 신웅교의 대응이 완전히 달라졌다. 대대적으로 무사들을 동원해 창룡검대를 몰아치기 시작한 것이다. 마치 전면전을 불사하기라도 하겠다는 듯한 태도였다.

"신웅교의 유호석이 뭘 잘못 먹었나? 갑자기 돌변해서는……."

남궁진우가 이해가 가지 않는다는 듯 고개를 갸웃거렸다. 짚이는 것이 없었기 때문이다.

남궁서현이 남궁진우를 쳐다보며 조심스러운 얼굴로 입을 열었다.

"혹시 짐작이 가는 것이라도……."

그러나 남궁진우는 고개를 저을 뿐이었다.

"그놈들 생각을 내가 어떻게 알겠나? 그보다 어떻게든 빠져나가야 할 터인데……."

신웅교를 생각하던 남궁진우의 얼굴이 무거워졌다.

신웅교가 작정하고 움직이면, 남궁세가 최고의 무력부대인 창룡검대라 할지라도 빠져나가는 것은 쉽지 않았다. 고작 닷새밖에 지나지 않았지만 벌써 대원 넷을 잃었다는 것이 그 증거였다.

어쩌면 절강에 뼈를 묻어야 할지도 모른다는 불안감이 엄습했다.

'아니지. 지금 이런 생각을 할 때가 아니고…….'

남궁진우가 얼른 고개를 저어 부정적인 기류를 몰아내고는 남궁서현을 돌아봤다.

　"아무래도 본가에 연락을 취해야 할 것 같은데……."

　창룡검대만으로는 무리라는 생각이 든 탓이다.

　절강을 빠져나가려면 본가의 도움이 필요했다.

　그리고 그것은 남궁서현 역시 같은 생각이었다.

　"그렇지 않아도 그 부분에 대해서 얘기를 나누고 싶었습니다. 숙부님께서 해 주시겠습니까?"

　"내가?"

　"그렇습니다. 아무리 생각해도 숙부님 외에는 적임자가 없어서……."

　남궁진우 자신이 생각해도 자신이 적임자였다. 그러나 마음이 걸리는 것이 있어 쉽사리 움직이기가 어려웠다.

　"그렇긴 한데…… 내가 빠져나가면 제아무리 창룡검대라도 버티기 어려울 걸세."

　그 부분이 문제였다.

　남궁세가 최강의 무력단체답게 개개인의 무위는 충분하다 생각했다. 누구 하나 손색이 없다 느껴질 정도였다.

　그러나 다들 나이가 어린 탓에 경험이 부족했다.

　거침없이 달려 나가 싸우는 일이라면 모를까, 적의 눈과 귀를 피해 은밀하게 움직이는 일에는 무리가 있다 여긴 것이다.

　그러나 남궁서현은 고개를 저었다.

"숙부님께서 계셔도 본가의 도움이 없으면 빠져나가기 어려운 것은 마찬가지입니다. 그럴 바엔 그나마 확률이 높은 쪽을 선택하는 것이 현명하다고 생각합니다."

"그래도……."

남궁진우는 여전히 내키지 않는다는 얼굴이었다. 꼭 자신 혼자 살길을 찾아 떠나는 모양새였기 때문이다.

"그럼 차라리 서진이를 보내는 게……."

"아시지 않습니까? 그 녀석은 아직 부족합니다. 그 녀석 혼자서는 절강을 벗어나는 것이 불가능할 것입니다."

남궁서현의 말에 남궁진우가 문득 그의 두 눈을 응시했다.

"그럼 차라리……."

남궁서현은 남궁진우가 말을 끝내기도 전에 고개를 저어 말을 끊었다.

"안 됩니다."

단호한 남궁서현의 얼굴에 남궁진우가 얼굴을 찡그렸다.

파고들 틈이 보이지 않았지만 쉽게 물러날 일이 아니었다.

"꼭 그렇게만 생각할 일이 아니야. 사실이 그렇잖나? 자네가 나보다 더 강해. 그러니 나보다는 자네가 가는 게 더 확실한 방법일 터. 창룡을 살리려면 나보다는 자네가……."

그러나 남궁서현은 다시 한 번 고개를 저었다.

"숙부님, 제가 창룡검대주입니다. 어찌하여 제게 창룡을 버리라 하십니까? 그런 일을 할 수 없습니다."

역시 틈이 없었다.

남궁진우가 난감한 얼굴을 하다가 이내 후 하고 한숨을 내쉬었다.

그리고는 어쩔 수 없다는 얼굴로 고개를 끄덕였다.

"알겠네. 그렇게 하지."

"감사합니다. 어려운 선택을 하셨습니다."

"어렵지. 정말 어려운 일이지. 똑똑히 기억해 뒀다가 나중에 이자까지 다 받아 낼 테니 그렇게 알게."

남궁진우의 너스레에 남궁서현의 얼굴에 모처럼 미소가 걸렸다.

남궁진우 역시 픽 웃음을 흘리더니 다시 남궁서현을 쳐다봤다.

"그런데…… 서천이는 여전히 오리무중이구나. 찾긴 찾아야 하는데 신응교가 저리 나오니, 이것 참……."

남궁서천을 떠올리자 모처럼 부드럽게 펴졌던 얼굴이 다시 딱딱하게 굳어졌다.

무뚝뚝하긴 했지만 자신과 똑 닮은 얼굴의 제 동생을 떠올리자 마음이 아팠던 탓이다.

그러나 남궁서현은 고개를 저어야만 했다. 어쨌건 자신은 창룡검대를 책임진 몸이었기 때문이다.

"큰 문제는 없을 겁니다."

말과는 달리 목소리는 착 가라앉아 있었다.

그 심정이 고스란히 느껴지는 목소리에 남궁진우 역시 입맛이 썼다.

남궁진우 역시 고개를 저을 수밖에 없었다.

"그렇겠지. 그 녀석도 남궁의 피를 듬뿍 이어받았으니 큰 문제는 없을 게야."

"그럴 겁니다."

"그래, 그래. 그런 난 그만 일어서 봐야겠군."

남궁진우가 엉덩이를 툴툴 털며 일어섰다.

"지금 당장 움직이실 생각이십니까?"

"시간을 끌어서 될 일이 아니지 않나? 한시라도 빨리 움직이는 게 좋겠지."

"그러지 마시고, 조금 쉬시다가 해가 뜨면 움직이시는 게……."

"아닐세. 은밀하게 움직이는 데에는 밝은 것보다 어두운 것이 더 좋지. 그러니까…… 응?"

절레절레 고개를 젓던 남궁진우가 한순간 두 눈을 희번덕거렸다.

"누, 누구냐!"

"어떤 자식들이!"

멀지 않은 곳에서 익숙한 목소리들이 부산스럽게 울려 퍼진 탓이다.

남궁서현이 자리에서 벌떡 일어섰다.

"설마, 벌써……?"

남궁진우가 얼굴을 찡그리며 고개를 끄덕였다.

"아무래도 그런 것 같군. 홀로 떠나는 건 조금 미뤄야 할 것 같네. 어서 가…… 어?"

남궁진우가 말끝을 흐리며 눈을 동그랗게 떴다.

가슴팍에 수놓아진 금빛 매의 형상이 인상적인 두 개의 인영.

신응교가 자랑하는 다섯 명의 고수 중 둘.

악노일, 악노삼 형제가 어느새 둘을 막아서고 있었기 때문이다.

제 형보다 조금 더 키가 크고 호리호리한 신형의 악노삼이 히죽 웃으며 입을 열었다.

"어디 가려고?"

어둠 속에 파묻혀 고요했던 이름 모를 야산이 요란스레 비명을 지르기 시작했다.

악노사가 만든 작품을 물끄러미 쳐다보고 있던 안호석이 한 걸음 뒤에 물러서서 공손하게 시립하고 있는 악노이를 돌아봤다.

"네 동생의 생각이 제대로 먹혔군. 그럼 이제 움직이면 되나?"

조금은 조급증이 묻어나는 듯한 말투였다.

그러나 악노이는 가만히 고개를 저었다.

"신호를 주겠다 했습니다. 일단은 기다려야 합니다. 빠져나가지 못하게 옭아매는 게 중요합니다."

적당히 피해를 주는 것으로 만족해서는 안 된다. 건드리지 않았다면 모를까, 일단 건드리기 시작했다면 반드시 깔끔하게 처리해야만 했기 때문이다.

'창룡을 잡으면, 남궁 본가도 함부로 움직이지 못할 테고……'

전력의 공백이 상당할 것이다. 그 정도면 제아무리 남궁이라도 쉽사리 움직이지 못할 터.

혹 안호석의 예상을 벗어나서 움직인다 치더라도 창룡을 잃은 남궁은 크게 무섭지 않았다.

"자네 말대로 하지. 하지만, 단 하나도 남겨서는 안 될 것이네."

"물론입니다. 오늘 밤 창룡은 절강에서 뼈를 묻어야 할 것입니다."

확신이 가득한 얼굴로 고개를 끄덕이는 악노이를 보며 안호석이 만족스럽다는 얼굴을 했다.

그리고는 이전처럼 뒷짐을 지며 다시 요란한 소음이 들려오는 곳으로 시선을 돌리려는 찰나.

수하 하나가 조심스레 다가서더니 고개를 숙였다.

"교주님."

"응? 무슨 일인가?"

"다른 게 아니고…… 철 장로께서 오셨습니다."

"철 장로? 아, 영강이 말인가?"

"그렇습니다."

"철 장로가 왜…… 아니, 이렇게 아니고 얼른 데려오거라."

"알겠습니다."

수하가 뒷걸음질 치며 조심스레 물러서더니, 오래지 않아 예전과 다름없이 단단한 얼굴을 하고 있는 철영강이 다가오더니 공손하게 두 손을 모았다.

"신응교주님을 뵙습니다."

"그래. 오랜만일세. 그런데 자네가 어쩐 일인가? 자네는 아직도 성주를 보필하고 있는 것으로 아는데, 혹시……."

철위강의 뒤를 이어 대장로직에 올랐음에도 여전히 철자강을 그림자처럼 수행하고 있는 철영강이었다.

자연히 철자강에게 생각이 미친 것이다.

그러나 철영강이 고개를 저었다.

"성주님께서는 오시지 않았습니다."

"응? 그럼 자네가 왜……."

"성주님께서 전하라는 말씀이 있어 이렇게 오게 되었습니다."

"그래? 그럼……."

안호석이 악노이를 향해 눈짓을 했다.

그 의미를 알아들은 악노이가 수하들을 데리고 멀찍이 물러섰다.

그것을 확인한 안호석이 그제야 철영강을 향해 입을 열었다.

"무슨 말씀을 전하라 하시던가? 혹시……."

안호석의 눈매가 가늘어졌다. 혹시 이 짓을 그만두라는 말이 아니까 걱정이 된 것이다.

그러나 철영강이 고개를 저으며 말했다.

"염려하시는 그런 일은 아닙니다. 창룡은 알아서 처리하라 하셨습니다."

"그, 그런가? 나는 또 그만두라는 줄…… 어라?"

부드러워지려던 안호석이 눈매가 다시금 가늘어졌다.

"혹시…… 벌써 정무맹주와 말을 맞춘 것인가? 내 말 맞지?"

안호석의 질문에 철영강이 입을 다물었다.

그러나 부정하지 않았다는 것만으로도 그의 의사를 충분히 알아들을 수 있었다.

안호석이 얼굴을 찡그렸다.

"젠장! 재주는 곰이 부리고 돈은 왕 서방이 번다고…… 그래서? 뭐라고 하시던가? 내가 뭘 하면 되는가?"

"교주께도 나쁜 일은 아닐 것입니다."

"그거야 당연한 거고. 다만 우리 아이들이 상하니까 하는 말 아닌가? 이건 꼭 채워 줘야 할 걸세."

"걱정하지 않으셔도 됩니다. 차고도 넘치도록 채워 주실 테니까요."

철영강의 얼굴에 확신이 담겼다.

그제야 안호석의 얼굴에 담겨 있던 부정적인 기류가 걷어지고 호기심이 고개를 들기 시작했다.

"그래? 그게 뭔가? 일단 말부터 해 보게."

홍소천이 급하게 걸음을 옮겼다.

숨이 턱 밑까지 차올랐고 입안에서는 단내가 진동했으며 심장이 터질 듯이 과격하게 요동쳤지만, 홍소천은 다리를 멈출 수가 없었다. 한시가 급했기 때문이다.

그것은 그의 뒤를 따르던 당화기와 목영 등 역시 마찬가지였다. 다른 점이 있다면 억지로 숨을 참아 내며 묵묵히 걸음을 옮기고 있는 홍소천과 달리 당화기 등은 한계에 달했다는 점이다.

더는 참을 수 없을 지경이 된 당화기가 거친 숨을 내뱉으며 목소리를 냈다.

"바, 방주! 방주!"

그러나 그 소리를 듣지 못했다는 듯 홍소천은 여전히 쭉쭉 뻗어 나갈 따름이었다.

그리고 목소리를 내느라 잠시 주춤한 사이 조금이지만 거리는 더 벌어져 있었다.

"제, 젠장!"

당화기가 얼굴을 와락 구기고는 남은 힘을 다해 목소리를 쥐어짰다.

"바, 방주우우우!"

육중한 목소리가 쩌렁쩌렁하게 퍼져 나갔다.

홍소천이 흠칫하며 걸음을 늦췄다.

"응?"

그제야 뒤를 돌아본 홍소천이 의아하다는 표정으로 당화기를 쳐다봤다.

"무슨 일인가?"

"헉, 헉…… 바, 방주……."

당화기가 다 죽어 가는 얼굴로 홍소천에게 다가섰다. 뒤늦게 상황을 파악한 홍소천이 주위를 휙 둘러봤다.

당화기만이 아니라 다른 이들 역시 마찬가지였다.

모두가 초췌한 몰골로 급하게 숨을 몰아쉬고 있었다.

여러 명이 한꺼번에 숨을 몰아쉬자 거친 숨소리가 주변을 가득 채웠다.

"이런……."

홍소천이 끙 하고 앓는 소리를 냈다.

그리고는 유독 거칠게 숨을 몰아쉬고 있는 천리단주 왕

팔을 불렀다.

"왕팔아, 이제 얼마나 남았느냐?"

"헉, 헉…… 바, 방주. 그, 그게……."

"이놈아, 말 더듬지 말고 또박또박."

"아, 아니 그, 그게……."

"이놈이! 내가 지금 묻지 않느냐? 얼마나 남았……."

"방주!"

왕팔이 버럭 소리를 질렀다. 그러나 순간 숨이 턱 하니 막혀 오며 얼굴이 새파랗게 질렸다.

컥컥거리며 숨통을 틔우려는 왕팔을 쳐다보며 홍소천이 끌끌 혀를 찼다.

"그러게 왜 소리를 질러, 이놈아?"

홍소천이 얼굴을 찌푸렸다.

간신히 숨을 돌린 왕팔이 억울하다는 눈으로 홍소천을 쳐다봤다.

"그럼 숨 돌릴 시간은 주고 말을 해야 할 거 아닙니까? 그렇게 무작정 몰아치기만 하면 내가 어떻게 대답합니까?"

"시끄럽다, 이놈아. 흰소리 그만하고 어서 대답이나 해봐. 얼마나 남았어?"

왕팔이 주위를 휙 둘러봤다. 대충 보는 것 같아도 주변을 살피는 눈길이 신중했다.

그리고는 얼마 지나지 않아 홍소천이 원하는 답을 들려

쳤다.

"얼마 안 남았습니다. 이제 한 시진? 아니, 빠르면 반 시진이면 도착할 것 같습니다."

왕팔의 대꾸에 홍소천이 멀리 시선을 던졌다.

"남궁 놈들 참 멀리도 왔다. 그놈들 제정신이야? 여기까지 치고 들어오게? 아주 뒈지려고 작정을 했구만."

적당히 외곽이나 돌던 진산과 달리 남궁세가의 창룡검대는 절강 깊숙이 들어왔던 것이다. 저들도 생각이 있으니 조심하긴 했겠지만, 이 정도까지 들어와서 사고가 없기를 바라는 것은 제정신이 아닌 게다. 사고가 일어나지 않는 것이 이상할 수준이었다.

홍소천이 못마땅하다는 눈으로 쯧 하고 혀를 차는 그 때, 간신히 한숨을 돌린 당화기가 그에게 다가왔다.

"방주, 이제 지척인 것 같은데 잠시만 쉬다 갑시다."

"이제 거의 다 온 듯하니, 차라리 그들과 합류해서 쉬는 건 어떤가?"

조금 무리를 하더라도 창룡검대와 합류한 다음에 휴식을 취하는 게 낫다는 것이 홍소천의 생각이었다. 그러나 당화기는 생각이 달랐다.

"방주, 사정 좀 봐주시오. 죽겠소, 정말. 나만 그런 게 아니고 다른 이들 모두 마찬가지일 거요. 방주 말대로 어차피 다 왔는데 조금만 쉬었다 갑시다. 설마 그사이에 무슨 일이야 있겠습니까? 기껏해야 한 시진인데…….”

홍소천은 여전히 마음에 차지 않는지 한쪽 눈을 찡그렸다.

그 때 당화기와 같은 처지였던 왕팔이 슬며시 당화기의 편을 들고 나섰다.

“그렇게 합시다, 방주. 당 장로님 말대로 기껏해야 한 시진이고 좀 더 빨리 움직이면 반 시진인데, 설마 그사이에 무슨 일이야 있겠습니까? 설사 무슨 일이 있다 하더라도 이 몸으로 합류했다가는 오히려 짐이 되고 말 것입니다. 좀 쉽시다. 쉬고 가요.”

“흐음…….”

홍소천이 고민하는 얼굴로 제 수염을 쓰다듬었다. 그리고는 잠시 생각하는가 싶더니 결국은 고개를 끄덕이고 말았다.

“알겠네. 그렇게 하세. 그러나 오래는 안 돼. 딱 반 시진일세.”

“그 정도면 충분하지요. 적어도 움직일 정도는 될 겁니다.”

고개를 끄덕인 당화기는 더 움직일 힘도 없는지 그 자리에 주저앉아 숨을 몰아쉬었다.

홍소천이 그 모습을 물끄러미 쳐다보고 있는데 양소삼이 홍소천의 곁으로 다가왔다.

“방주.”

홍소천이 양소삼을 힐끔 쳐다보며 말했다.

"왜 그러나?"

"내가 달려오면서 곰곰이 생각해 봤는데, 아무래도 이상해서요."

"응? 이상해? 뭐가?"

"뭐긴 뭐요? 남궁 놈들이지. 그놈들도 정신이 똑바로 박혀 있을 터인데, 양산호 같은 놈을 건드릴 일이 있을까 싶어서요. 일부러 시비를 걸어도 피해 가야 할 마당에 제 성질을 못 참아서 죽여 버렸다? 이게 말이 된다고 생각합니까?"

"그, 그거야 창룡검대는 혈기가……."

"거기 남궁진우도 있다고 들었습니다. 애들이야 그렇다 치고 남궁진우 그 늙은이가 어디 그럴 사람입니까?"

"그, 그럼 우발적으로……."

"그럴 수도 있지요. 그런데 우발적으로 그런 짓을 했으면 당장 튀어야지 왜 절강에서 뭉그적거린답니까? 신응교가 따라붙기도 전에 절강을 벗어났다면, 벌써 안휘로 들어가서 발 뻗고 자고도 남았을 시간입니다. 그런데 신응교가 본격적으로 움직일 때까지 창룡검대는 아무것도 모른다는 양 하던 것을 계속했습니다. 이상하지 않습니까?"

"음……."

시간을 두고 생각했다면 홍소천 역시 충분히 의문을 품을 수 있었던 대목이었다. 그러나 창룡검대와 신응교의 접전이 정무맹과 패천성으로 번질 수도 있다는 마음에 급히 움직이다 보니 놓치고 있던 것이었다. 그 부분을 양소삼이 정확하게 집어낸 게다.

홍소천이 고민하는 얼굴을 하자 양소삼이 쐐기를 박듯 마지막 의문을 꺼내들었다.

"그리고 양산호가 어떤 위인이오? 신응교를 대표하는 무인 아닙니까? 그런 이가 창룡검대에게 당했다는 것이 말이나 됩니까? 아무리 혼자 움직였다고 하더라도…… 아니, 그 부분도 이상합니다. 화의각주가 창룡검대 못지않은 화의각을 내버려 두고 왜 혼자 움직이다가 변을 당한답니까? 그게 제정신 박힌 인간이 할 짓입니까?"

홍소천이 딱딱하게 굳은 눈으로 양소삼을 쳐다봤다.

"그래서 하고 싶은 말이 뭔데?"

그러나 양소삼은 어깨를 들썩일 뿐이었다.

"여기까지요. 나머지는 방주가 알아서 할 일이지."

"이 빌어먹을 놈이! 기껏 말 꺼내 놓고 뭐가 어쩌고 어째?"

"거지가 빌어먹지 벌어먹습니까? 그리고 이 정도까지 짚어 줬으면 됐지, 내가 뭘 더 해야 합니까? 나머지는 방주가 알아서 하십시오."

그 말을 끝으로 미련 없이 등을 보인 양소삼은 털레털레 걸음을 옮겨 커다란 나무 아래로 다가가 털썩 주저앉더니 등을 기댔다.

그런 그를 못마땅하다는 눈으로 쳐다보던 홍소천이 왕팔

에게 시선을 돌렸다.

"어떻게 생각해?"

"어떻게 생각하긴…… 맞는 말 아닙니까? 방주도 그렇게 생각하면서……."

"확실히 그렇지?"

왕팔이 더 대답할 가치도 없다는 얼굴로 고개를 끄덕였다.

홍소천이 여전히 왕팔과 시선을 맞추며 입을 열었다.

"조사해 봐."

"알겠습니다."

그제야 홍소천이 주위를 훑었다.

일반 무사들은 말할 것도 없었고, 정무맹의 장로들 역시 아무렇게나 바닥에 주저앉아 휴식을 취하고 있었다.

"나도 일단 좀 쉬어야…… 응?"

혼잣말하듯 나지막하게 중얼거리던 홍소천이 문득 고개를 갸웃거렸다.

그러나 오래지 않아 날카롭게 눈매를 좁혔다.

"이, 이건……."

왕팔이 고개를 갸웃거렸다.

"왜 그럽……."

"시끄럽고! 당장 일어서! 당장!"

홍소천이 버럭 소리를 질렀다.

그러나 이미 늦은 감이 있었다.

정무맹의 인원들이 홍소천의 말에 미처 반응하기도 전, 어둠 속에서 일단의 무리가 모습을 드러냈다.

"뭐, 뭐?"

"누구냐!"

"웬 놈들이!"

뒤늦게 반응하는 정무맹의 인원들.

그 모습을 무덤덤한 눈으로 훑어보던 철영강은 이내 홍소천과 시선을 맞췄다.

"오랜만이군."

"네, 네놈!"

홍소천이 이를 갈았다.

그러나 철영강은 여전히 별다른 감흥이 없다는 얼굴로 홍소천과 시선을 맞추다가, 한순간 불쑥 입을 열어 명령하듯 소리를 냈다.

"돌아가라."

"무슨 의미지?"

홍소천의 되물음에 철영강이 고개를 모로 기울였다.

"그 정도면 충분할 듯한데, 내가 더 설명해야 하나?"

홍소천이 미간을 좁혔다.

"이, 이놈이! 무슨 의미냐고 묻지 않느냐?"

그러나 철영강은 고개를 저었다.

"돌아가서 잘 생각해 봐라. 그러면 내 말이 무슨 의미인지 어렵지 않게 알 수 있을 것이다."

그리고는 입을 다물어 버리는 철영강이었다.

그러나 굳이 돌아가서 고민할 이유는 없었다.

잠깐 머리를 굴리는 것만으로도 철영강의 의도는 충분히 알 수 있었기 때문이다.

빠르게 철영강의 생각을 읽어 낸 홍소천의 안색이 시시각각 변해 갔다.

"서, 설마…… 창룡을 노리는 것이냐?"

"노린다기보다는 신응교가 복수할 기회를 주는 것이지."

"지금 그걸 말이라고!"

홍소천이 흥분한 얼굴로 버럭 소리를 내질렀다.

그러나 철영강은 여전히 침착한 얼굴로 대꾸할 따름이었다.

"창룡이 절강에서 신응교의 무인을 죽였다는 것보다 더 말이 안 되기나 할까? 창룡도 그 정도는 각오했겠지. 그렇지 않나?"

"그, 그런……."

홍소천이 할 말이 없는지 일순 말끝을 흐렸다.

그 때 당화기가 홍소천의 앞으로 나서며 철영강의 말을 받았다.

"거, 모르는 사이도 아니고 그렇게 야박하게만 굴지 말고……."

"그런 생각은 신응교의 무인을 죽이기 전에 했어야 하는 것 아닌가?"

"그렇긴 해도…… 무슨 사정이 있었을지도 모르는 일 아 닌가? 칼을 뽑더라도 일단 무슨 사정인지는 알아본 뒤에 해 도……."

철영강이 고개를 저으며 당화기의 말을 끊었다.

"신웅교가 창룡을 원한다. 그 정도면 얼추 균형이 맞을 일. 무슨 사정이 있었는지는 그 후에 알아보겠다."

당화기가 황당하다는 얼굴을 했다.

"아니, 이게 어딜 봐서 균형이 맞나? 양산호 하나의 대가 로 창룡검대 전체를 내놓으라는 건 자네가 봐도 불합리하 다고 생각하지 않나?"

당화기가 당황한 기색과는 정반대로 냉정하게 상황을 짚 었다.

그러나 철영강은 여전히 냉정한 얼굴이었다.

"여기는 절강이다."

"으, 응? 누가 그걸 모르……."

"절강에서 남궁이 분탕질을 쳤다. 이래도 신웅교의 처사 가 과한 것인가? 반대로 신웅교가 안휘에서 같은 짓을 한다 면, 너희들은 어떻게 할 것이지?"

"으음……."

더는 할 말이 없었다. 틀린 말이 아니었기 때문이다.

저도 모르게 신음성을 흘리며 당화기가 물러섰다.

어쩌면 다른 이들 역시 그와 같은 생각일지도 몰랐다.

그러나 홍소천만은 이를 악물며 눈을 빛냈다.

"그래도 가야겠다면?"

철영강이 팔짱을 풀었다.

"굳이 물어볼 것 있나? 자신 있으면 지나가 봐라."

고요한 공간에 투기가 일어나며 파문이 일었다.

그것은 생각보다 전염성이 강해서 철영강의 뒤로 늘어선 무사들을 순식간에 검붉은 색으로 물들이는 듯했다.

"으음……."

저릿저릿하게 뻗어 나오는 살기에 왕팔이 신음성을 흘리며 한 걸음 물러서는 순간.

홍소천이 횡으로 봉을 휙 그었다.

얼굴을 콕콕 찌르던 살기가 씻은 듯이 걷어졌다.

왕팔이 홍소천의 뒷모습을 쳐다보며 입을 열었다.

"고, 고맙……."

그러나 홍소천은 대꾸도 하지 않은 채 한 걸음 앞으로 나섰다.

"굳이 많은 피를 흘릴 것도 없고. 우리 둘이서 결론을 보지. 어떤가?"

철영강이 픽 웃음을 흘리더니 고민도 하지 않고 한 걸음 앞으로 나섰다.

"그것도 좋지."

그리고는 늘어진 팔 끝의 양 주먹을 말아 쥐었다.

철영강의 양손에 투명한 기운이 덧씌워졌다.

홍소천의 뒤에서 누군가가 저도 모르게 목소리를 높였다.

"단목수!"

쉽지 않은 상대였다.

홍소천이 자신도 모르게 긴장한 기색으로 양손으로 봉을
단단히 움켜잡으며 철영강을 겨냥하는 순간.

"어? 방주님? 방주님이 여긴 어쩐 일이세요?"

"으, 응?"

홍소천의 시선이 저도 모르게 휙 돌아갔다.

그리고 그 끝에는 익숙한 얼굴, 모용기가 헤실거리며 손
을 흔들고 있었다.

"와! 방주님, 이게 얼마 만이에요?"

남궁진우와 남궁서천이 악노일과 악노삼을 간신히 밀어
내고 창룡검대에 합류했을 때.

"이, 이런……."

대원들을 돌아본 남궁진우의 얼굴에 난감하다는 기색이
역력했다.

그의 예상보다 피해가 심한 탓이었다.

크고 작은 부상을 입은 이가 일곱에 죽은 이가 넷.

창룡검대의 전력 중 삼분지 일에 달하는 인원이 단번에 꺾였다.

아끼던 재능들이 덧없이 스러진 것이 안타깝기도 했지만, 무엇보다 절강을 벗어날 길이 더욱 험난해졌다는 것이 본능적으로 느껴졌다.

"이거 참 난처하게…… 응?"

어두운 얼굴로 중얼거리던 남궁진우가 한순간 흠칫 몸을 떨었다.

칼날 같은 기파가 훅 하고 들이쳤기 때문이다.

기파의 진원지를 향해 고개를 돌리자, 그곳에는 핏발이 선 채 새빨갛게 붉어진 두 눈의 남궁서현이 서 있었다.

그 모습을 확인한 남궁진우는 쯧 하고 혀를 차더니 이내 고개를 젓고 말았다.

"진정하게. 지금 이럴 때가 아니야."

"숙부님!"

"어허, 이 녀석! 흥분하지 말고!"

남궁진우가 버럭 소리를 높였다.

그러나 남궁서현은 여전히 수그러들지 않았다.

그에 남궁진우가 한숨을 푹 내쉬더니 다시금 말을 이었다.

"먼저 죽은 이들에게는 미안한 일이지만 남은 이들을 살리는 게 먼저일세. 무엇이 중한지는 자네도 알지 않나?

그렇게 감정에 휩쓸려서는 남은 이들조차 챙기지 못해."

냉정하게 상황을 살피는 말이었다. 그러나 남궁서현은 여전히 수긍할 수 없다는 얼굴이었다.

"하지만……."

"하지만이 아닐세. 창룡이 완전히 꺾여 버리면 본가의 미래는 없네. 그런 일은 피해야 하지 않겠나?"

남궁진우의 진지한 눈빛에 더 할 말이 없어진 남궁서현이 끙 하고 앓는 소리를 내더니 입을 다물고 말았다.

그의 어깨를 툭툭 치는 것으로 위로를 대신한 남궁진우는 남궁서현을 대신해 남궁서진을 불렀다.

"서진아."

"예, 숙부님."

"대원들을 추스르거라. 지금 당장 이동한다."

"예? 하지만……."

남궁서진이 두 눈을 동그랗게 떴다.

당장 치료가 필요할 정도로 심각한 부상을 입은 대원이 둘 있었다.

그런 상황에서 바로 움직인다는 것은 결국 그들을 포기한다는 말이나 다름없었기 때문이다.

남궁서진이 설명이 필요하다는 눈빛으로 남궁진우를 바라봤으나, 그는 입가에 쓴웃음을 머금은 채 고개를 절레절레 내저을 뿐이었다.

그리고는 남궁서진이 그 몸짓의 의미를 알아채기도 전에 먼저 걸음을 옮긴 그는 심각한 부상을 당한 대원 둘의 앞으로 다가섰다.

부상을 당한 대원들을 돌보고 있던 이가 남궁진우의 기척을 느끼고 뒤를 돌아봤다.

"장로님……."

대원의 얼굴이 어두웠다.

하나 그와 얼굴을 마주하지 않은 채 눈빛이 흐릿해져 가는 대원 둘의 얼굴을 유심히 쳐다보던 남궁진우가 한순간 검을 번쩍 뽑아 들었다.

푹! 푹!

"컥!"

"커헉!"

두 대원이 짧은 순간 눈을 부릅뜨더니 이내 힘없이 축 늘어졌다.

예상치 못한 상황에 주위를 두르고 있던 창룡대원들의 얼굴에 당혹감에 물들었다.

"헉!"

"이게 무슨……!"

뒤늦게 상황을 파악한 남궁서진 역시 비명을 지르듯 목소리를 높였다.

"장로님!"

남궁서진이 남궁진우의 옷깃을 거칠게 잡아챘다.

"이게 무슨 짓입니까! 이들은…… 이들은……!"

두 눈에 핏발이 선 채 소리 지르는 남궁서진.

왜 그러지 않겠는가?

창룡대원이기 이전에, 저들은 같은 피를 나눈 형제들이었으니까 말이다.

그러나 어느새 냉정한 얼굴을 한 남궁진우는 자신의 옷깃을 붙잡고 있던 남궁서진의 손을 떨쳐 냈다.

남궁서진이 얼굴을 일그러트렸다.

"장로님!"

남궁서진의 목소리에 흥분이 묻어났지만 남궁진우의 얼굴은 더없이 싸늘하기만 했다.

"목소리 낮추거라. 창룡검대의 부대주란 녀석이 상황을 파악하지 못하고 이게 무엇 하는 짓이냐?"

"장로님! 그렇다고 형제들을……!"

좀체 흥분을 가라앉히지 못하는 남궁서진이었다.

그 때, 어느새 다가온 남궁서현이 손을 뻗어 그의 앞을 막아섰다.

"그만!"

"하지만 대주님! 아니 형님! 지금 숙부님이……."

"그만하라고 했다! 숙부님께서 무슨 생각을 하시는지 네 녀석은 정녕 모른단 말이냐!"

남궁서진이 헙 하고 입을 다물었다. 그러나 여전히 수긍할 수 없다는 느낌을 감추지 못하는 눈빛이었다.

한 걸음 물러서서 물끄러미 쳐다보고 있던 남궁진우가 그제야 입을 열었다.

"둘 다 그만하거라."

"숙부님……."

자신을 쳐다보는 남궁서현과 눈을 맞춘 남궁진우가 가볍게 고개를 끄덕이더니 남궁서진을 향해 불쑥 검을 내밀었다.

쉭!

검 끝이 싸늘한 예기를 발하며 남궁서진의 목 밑에 멈춰섰다.

남궁서현이 조금은 당황한 기색을 내보였다.

"숙부님!"

그러나 남궁진우는 남궁서현에게 눈길도 주지 않았다.

여전히 반항이 가득한 눈을 하고 있는 남궁서진과 시선을 맞추던 남궁진우.

한순간 검을 쑥 끌어당기더니 다시 내밀 때는 검자루가 남궁서진에게로 향해 있었다.

제 목 밑으로 다가온 검자루를 힐끔 내려다본 남궁서진이 질문했다.

"무슨 의미입니까?"

"받거라."

"무슨 의미냐고 여쭈었습니다."

이를 갈며 목소리를 내는 남궁서진을 보며 남궁진우가 후 하고 한숨을 내쉬었다.

"본가에 도착하면 죗값을 치르겠다. 네 녀석에게 내 목을 내주겠다는 말이다. 이것이면 되겠느냐?"

"수, 숙부님!"

당황이 가득한 남궁서현의 목소리를 뒤로하고, 남궁진우는 억지로 남궁서진의 손에 자신의 검을 쥐여 줬다.

그리고는 허리를 숙여 제 손으로 명을 꺾은 두 대원의 검 두 자루를 주워 들었다.

하나는 등에, 나머지 하나는 허리에.

준비를 마친 남궁진우가 남궁서현을 돌아봤다.

"이제 가세. 시간이 없어."

본디 이런 일은 남궁서진의 몫이었다. 그러나 두 눈에 독기를 품은 채 여전히 남궁진우를 노려보고 있는 남궁서진은 그럴 여유가 없어 보였다.

작게 한숨을 내쉰 남궁서현이 대원들을 한곳으로 모았다.

"이제 가자."

"헉, 헉……."

숨소리가 거칠게 들려왔다. 비릿한 땀 냄새 역시 물씬 풍겨 왔다.

그러나 철무한의 등에 업혀 있는 하유선은 불쾌하기는커녕 아무런 상관이 없다는 얼굴이었다.

오히려 은은하게 붉어진 얼굴에 조금은 상기된 표정이었다.

'어, 어머! 어쩜, 어쩜!'

벌써 세 시진째 줄기차게 내달리고 있었음에도 속도는 조금도 줄어들지 않았다. 어마어마한 체력이었다.

'언니들이 힘 좋은 남자가 그렇게 좋다더니……'

조금은 다른 의미였지만 어렴풋이나마 이해가 가는 하유선이었다.

철무한의 어깨에 조신하게 얹어진 두 손이 조금씩 꿈틀거리며 음미하듯 그의 어깨를 더듬었다.

'어머! 어머! 엄청 딱딱하네. 와! 무슨 돌덩이도 아니고.'

연신 감탄한 기색을 내비치는 하유선이었다. 그리고는 철무한의 뒤통수에 시선을 고정한 채 두 눈을 몽롱하게 풀어냈다.

'얼굴도 잘생겼고, 몸도 좋고.'

거기에 집안도 좋았다. 금상첨화란 말이 딱 들어맞았다.

하유선이 저도 모르게 침을 꿀꺽 삼켰다.

그 때 철무한이 고개를 갸웃거리며 걸음을 멈췄다.

"응?"

철무한의 어깨를 조몰락거리던 작은 손이 딱 움직임을 멈췄다.

하유선이 조금은 당황한 얼굴로 입을 열었다.

"왜? 왜?"

그러나 철무한은 그녀에게 눈길조차 주지 않았다. 하유선은 그의 관심사가 아니었기 때문이다.

"헉…… 헉……."

남궁서천이 거칠게 숨을 쏟아 냈다.

한 걸음 앞에서 나아가던 철무한이 명진을 쳐다보며 어깨를 들썩였다.

"그러게 재 좀 도와주라니까."

명진이 뭐라 대꾸하기도 전에 남궁서천이 먼저 고개를 저었다.

"필요 없다."

여전히 고집불통이다.

철무한이 얼굴을 찡그렸다. 그러나 이내 아쉬울 것이 없다는 얼굴을 했다.

철무한이 냉정하게 신형을 돌리며 다시 말했다.

"뭐 그건 네 마음이겠지만, 그렇게 느릿느릿 가다가 너네 형 죽었다고 나 원망하지는 말고."

"헛소리! 창룡이 고작 사마의 잡졸들에게 당할 정도로 허술해 보이나! 우린 그렇게 배우지 않았다!"

남궁서천이 으르렁거리며 이를 갈았다.

그러나 철무한은 돌아보지도 않은 채 픽 웃을 따름이었다.

"신응교가 잡졸? 안 숙부가 들으면 네 녀석 껍질을 벗겨 버리려고 할걸? 험한 꼴 보기 싫으면 그딴 소리는 너네 집에서나 하라고. 비리비리한 게 제 주제도 모르고 말이야."

"뭐? 이……."

그 때 명진이 둘 사이를 막아섰다.

"그만해라."

남궁서천이 여전히 철무한을 노려본 채 이를 갈았다.

"지금 나보고 참으라고?"

명진이 눈살을 찌푸렸다.

"그럼 어떻게 하자는 거지? 무한이와 쌈박질이라도 하겠다는 건가? 네 형은 어쩌고? 다 죽도록 내버려 두겠다는 건가? 그랬으면 좋겠나?"

명진의 말에 날을 세우고 있던 남궁서천이 조금은 수그러들었다.

그러나 못마땅하다는 얼굴로 철무한을 노려보는 것은 멈추지 않았다.

그 때 철무한의 등에 업혀 있던 하유선이 목소리를 냈다.

"지금 이럴 때가 아니고 얼른 움직여야 한다고요. 안 숙부님이 작정을 하고 움직이는 터라 시간이 별로 없어요."

하유선의 조곤조곤한 목소리에 남궁서천이 와락 얼굴을

구겼다.

"젠장!"

그리고는 철무한을 앞지르며 빠르게 걸음을 옮기기 시작
했다.

하유선이 당황한 얼굴로 남궁서천을 부르려 했다.

"어? 저, 저기……."

그러나 하유선을 만류한 것은 철무한이었다.

"왜? 그냥 내버려 둬. 자기가 앞장서겠다는데."

"아, 아니 오라버니. 그게 아니고요."

"그게 아니긴 뭐가 아냐? 그냥 내버려 둬. 누가 앞장서든
다 거기서 거기야. 그러니까……."

"아, 아니 그게 아니라니까요. 그러니까 저 길이 아니고
그 옆쪽……."

"응?"

철무한이 등에 업힌 하유선에게 고개를 돌리고는 두 눈
을 깜빡거렸다.

명진이 한숨을 푹 내쉬더니 남궁서천을 향해 목소리를
높였다.

"그 길 아니다!"

남궁서천이 멈칫하는 것을 보며 픽 웃음을 흘리던 철무
한은 한순간 느껴지는 기척에 반사적으로 고개를 돌렸다.

"응?"

❖ ❖ ❖

안호석이 악노이에게 시선을 돌렸다.

"얼마나 상했지?"

"열다섯입니다."

"죽은 이는?"

"여섯입니다."

바쁘게 움직이면서도 상황을 정확하게 파악하고 있는 악노이였다. 내심 만족스럽다는 기분도 들었지만, 생각보다 희생이 큰 탓에 눈살이 먼저 찌푸려졌다.

"빌어먹을 자식들."

"아무래도 창룡이니까요. 독이 바짝 오른 창룡을 상대로 이 정도 성과라면 나쁘지 않습니다."

냉정하게 생각하면 틀린 말은 아니었다. 그러나 심혈을 기울여 키운 무사들을 생각하면 여전히 속이 쓰린 것은 어쩔 수 없었다.

"그래도 너무 많이 쓰러졌어. 창룡이라고 해도 기껏해야 애새끼들일 뿐인데……"

"남궁진우가 있지 않습니까? 그 늙은이가 남궁서현의 곁에 착 달라붙어서 움직이니 애송이들이라도 쉽지가 않습니다."

안호석이 고개를 끄덕였다.

남궁진우가 쉽지 않은 상대인 것은 그 역시 인정하는 바였기 때문이다.

안호석이 손을 들어 탐스럽게 자란 수염을 쓰다듬었다.

"남궁진우에 남궁서현이라……."

하나는 장로였고 하나는 소가주로 거론되는 이였다.

안호석이 조금은 욕심이 깃든 얼굴로 악노이를 쳐다봤다.

"사로잡을 수 있겠나?"

사로잡을 수만 있다면 많은 이득을 챙길 수 있을지도 모를 일.

그러나 악노이는 고개를 저었다.

"그러지 않는 게 좋겠습니다."

"하긴……."

안호석이 별다른 고민 없이 악노이의 말에 수긍한다는 듯이 고개를 끄덕였다.

산 채로 잡는 것도 쉽지 않겠지만, 어떻게 잡는다고 해도 그 이후가 문제였다.

인질로 이용하려 해도 안호석이 원하는 바를 남궁세가가 호락호락 들어주지 않을 확률이 컸다.

괜히 짐만 늘어나는 꼴이 될 수 있었다.

"그냥 죽이지. 깔끔하게 처리하세."

"알겠습니다."

"그래. 그럼 그 문제는 그렇게 정리하기로 하고…… 이제 움직이면 되나?"

"그렇긴 한데…… 교주님께서 직접 움직이실 생각이십니까?"

"내 눈으로 직접 봐야겠어. 그래야 양산호도 편히 눈을 감겠지."

그리고는 더는 말을 잇지 않은 채 걸음을 옮기기 시작했다.

느긋하게 움직이는 것 같아도 속도는 전혀 그렇지 않았다.

무섭게 뻗어 나가는 안호석의 신형에 악노이가 당황한 얼굴을 하며 소리쳤다.

"이, 이런! 뭣들 하느냐! 어서 교주님을 따르라!"

신웅교의 무리들이 급하게 우르르 움직이기 시작했다.

그러나 작정을 하고 움직이는 안호석의 신형을 따라잡는 것은 쉽지 않은 일이었다.

시야에 아슬아슬하게 걸쳐진 안호석의 뒷모습에 악노이가 얼굴을 찌푸리며 목소리를 높였다.

"교주님! 그렇게 급하게 움직이시면……!"

그러나 안호석은 여전히 걸음을 늦추지 않았다.

들은 체 만 체 여전히 같은 속도로 움직이고 있었다.

악노이가 재차 목소리를 높였다.

"교주님! 위험합니다! 같이 움직이셔야……!"

그 순간 안호석의 신형이 그 자리에 딱 멈춰 섰다.

그제야 후 하고 안도의 한숨을 내쉰 악노이가 수하들을 이끌고 안호석에게 다가섰다.

"교주님, 사정을 봐주셔서 감사합니다. 하지만 홀로 그렇게 급하게 움직이시면…… 어?"

안호석에게 고개를 숙이던 악노이가 한순간 눈을 동그랗게 떴다.

안호석의 시선이 닿는 그곳에서 조금은 낯익은 얼굴이 악노이를 반기고 있었기 때문이다.

"어? 그러니까 아저씨 이름이 음…… 악 씨였던 건 기억나는데……."

그 때 어린 여성의 목소리가 톡 끼어들었다.

"악노이잖아요, 악노이. 신응교가 자랑하는 악 씨 오형제 중 둘째."

"아, 맞다! 악노이 아저씨였지. 아저씨도 오랜만!"

악노이가 당황한 얼굴로 목소리를 냈다.

"소, 소성주가 어찌……!"

참룡
회귀록

斬龍回歸錄

斬龍回歸鐵

53 章.

"네가 여기 어쩐 일이냐? 너는 분명······."

주위의 눈길을 살피며 말끝을 흐리는 안호석이었다.

"숙부님, 그게······."

철무한 역시 어색하게 웃음을 보이며 말끝을 흐렸다. 다만 그것이 의미하는 바는 안호석의 그것과 달랐다. 어려운 문제를 풀려면 어떻게 시작해야 할지 감이 잡히지 않았기 때문이다.

그러나 안호석은 철무한이 고민할 시간을 주지 않았다.

"그보다 저 아이는 누구냐? 무당의 아이는 알아보겠다만, 다른 아이는 모르겠구나."

그 말을 들은 하유선이 입술을 꼭 깨물었다. 한때는 숙부라 부르던 이가 의도적으로 자신을 무시한 것이었으니 섭섭한 기분이 든 탓이었다.

물론 아직 평천대전의 앙금이 고스란히 남아 있을 터이니 그의 행동이 이해되지 않는 것은 아니었다.

그렇다고 온전히 받아들일 수 없는 문제였다.

게다가 자신은 마음속의 섭섭함을 토로할 방법이 없었으니, 그것이 더 서글프게 느껴졌다.

하유선이 철무한의 어깨를 툭툭 두드렸다.

"왜?"

"이거 좀 내려 주세요."

"어? 그, 그래."

철무한의 등에서 바닥으로 내려선 하유선이 안호석을 향해 양손을 곱게 포갰다.

"신응교주님을 뵈어요."

그러나 이번에도 원하는 대꾸는 없었다.

안호석의 두 눈은 여전히 철무한에게만 향해 있었다.

비로소 불편한 기류를 눈치 챈 철무한이 난감하다는 얼굴을 하는데, 안호석이 재차 목소리를 내며 틈을 주지 않았다.

"누구냐고 묻지 않느냐? 대체 어떻게 된 일이냐?"

그 순간 악노이가 안호석의 곁으로 다가와 고개를 숙였다.

"교주님, 일단 급한 일부터 해결해야 되지 않겠습니까? 그동안 소성주 일행은 제가 모시겠습니다."

일단은 창룡검대의 일이 먼저였다.

굳이 안호석이 나설 필요까지는 없었지만, 제 손으로 끝을 보고자 하는 그의 마음을 헤아리는 것이 수하의 도리라 생각한 것이다.

그리고 그 생각이 적중했는지 안호석이 고개를 끄덕였다.

"그렇지. 일단 급한 일부터 처리해야지. 무한이 너는 잠시 기다리고 있거라. 일단 이 일부터 처리하고……."

철무한이 당황한 얼굴로 저도 모르게 목소리를 높였다.

"아, 안 됩니다!"

"응?"

몸을 빼려던 안호석이 의아하다는 얼굴로 철무한을 쳐다봤다.

"안 된다니? 뭘 말하는 게냐?"

"그러니까 지금 창룡검대를 치고자 하는 것이 아닙니까? 그래서는 안 됩니다."

철무한의 말에 안호석의 안색이 변했다.

"네가 그것을 어떻게 아는 것이냐? 혹……."

안호석이 하유선을 노려봤다.

순간 살기가 치민 탓에 하유선이 움찔 몸을 떨었다.

철무한이 하유선의 앞을 냉큼 막아섰다. 그제야 안호석의 살기에서 벗어난 하유선이 천천히 숨을 골랐다. 철무한이 못마땅하다는 눈으로 쳐다보는 안호석을 향해 입을 열었다.

"숙부님께서 어디 계신지를 알려 주긴 했지만, 그게 다입니다. 하오문이 개입한 건 아닙니다."

"흐음……."

안호석이 그제야 치밀어 오르는 살기를 억누르며 다시금 철무한과 시선을 맞췄다.

"그래? 그럼 무슨 일이냐? 왜 안 된다는 것이지?"

"그거야 숙부님께서 창룡검대를 치면 정무맹과 패천성의 전면전으로 번지게 될 테니까요. 그 일만은 피해야 하지 않겠습니까?"

심각한 얼굴로 대꾸하는 철무한을 보며 안호석이 픽 웃음을 흘렸다.

"그게 다인 것이냐?"

"예?"

"그게 다냐고 물었다."

"아니, 그게……."

대수롭지 않다는 투로 대꾸하는 안호석을 보며 철무한이 당황스럽다는 기색을 보였다.

느긋한 얼굴로 당황한 기색의 철무한을 쳐다보던 안호석

이 고개를 저으며 입을 열었다.

"너는 네 아버지를 아직 잘 모르나 보구나. 그게 다라면 비키거라. 자세한 사정은 성주님께 물어보면 될 일."

"어? 그러니까……."

냉정하게 말을 끊고 돌아서는 안호석의 모습에 철무한이 미간을 좁혔다. 상황이 제 예상대로 흘러가지 않은 탓이었다.

'아버지? 아버지가 무슨 일을…… 아니, 이게 아니고…….'

그러나 철자강에 대한 생각은 뒤로 미뤄 둬야만 했다. 그보다 시급한 일이 있었기 때문이다.

막 걸음을 옮기려는 안호석의 앞을 철무한이 다시 한 번 막아섰다.

"아버지께서 어떻게 하셨는지는 모르겠지만, 그건 정확한 사정을 모르셔서 한 일일 겁니다. 어쨌건 이 일은 이쯤에서 그만두셔야 합니다. 더는 안 됩니다."

끈질기게 막아서는 철무한을 탓에 슬며시 화가 치밀어 올랐는지 안호석이 얼굴을 일그러뜨렸다.

그러나 억지로 화를 내리누르며 한 번 더 참기로 마음을 먹을 수밖에 없었다.

어디까지나 자신의 눈앞에 있는 이는 패천성의 소성주였으니까.

"네가 무슨 생각을 하는지는 모르겠다만, 창룡도 그렇고 우리도 그렇고 사람이 많이 상했으니 이제는 돌이키고 싶어도 그럴 수 없다. 이미 늦었어."

안호석의 말에 철무한이 꿍 하고 앓는 소리를 냈다.

예상하지 못했던 바는 아니나 실제로 마주하자 일이 고약하게 꼬였다는 생각이 들었다.

그러나 쉽게 포기할 생각이었다면 애초에 움직이지도 않았을 터.

"아직 늦지 않았습니다."

"늦었다고 말했다. 이제는 우리가 그만둔다 해도 저들이 가만있지 않을 것이다. 네 말대로 한다면 신응교가 곤란에 빠질 수도 있다는 것을 너도 모르는 바는 아니겠지?"

철무한이 단호하게 고개를 저었다.

"그럴 일 없습니다."

그리고는 잔뜩 긴장한 와중에도 은근히 날을 세우고 있는 남궁서천을 힐끔 쳐다보고는 다시금 안호석과 시선을 맞추며 말을 이었다.

"조금 전 저 아이가 누구냐 물으셨죠? 저 녀석이 바로 남궁서천이거든요. 남궁가주의 둘째. 저 녀석이면 중재가 가능합니다."

"응?"

그 말에 안호석이 남궁서천에게로 시선을 던졌다.

순식간에 자신에게로 이목이 집중되자 하유선이 그랬던 것처럼 남궁서천 역시 움찔 몸을 떨었다.

남궁서천에게 잠시 시선을 둔 안호석이 금세 철무한을 쳐다보며 확인하듯 되물었다.

"그러니까 저 녀석이……."

"예, 맞습니다. 남궁서천입니다."

철무한이 믿으라는 얼굴로 크게 고개를 끄덕였다.

안호석은 한동안 남궁서천과 철무한을 번갈아 가며 쳐다 봤다.

그리고는 조금 시간이 지난 후에 무슨 생각이 들었는지 입꼬리를 추켜올렸다.

"그러니까 저 녀석도 남궁이란 말이지?"

"그렇습니다."

철무한이 다시 한 번 크게 고개를 끄덕였다.

안호석은 더 이상 철무한에게 관심을 두지 않았다.

그리고는 낮게 가라앉은 목소리로 악노이를 불렀다.

"악노이."

"예, 교주님."

안호석이 남궁서천을 향해 턱짓을 했다.

"죽여."

"어? 숙부님?"

예기치 못한 상황에 철무한이 눈을 동그랗게 떴다.

그러나 휙 하고 스쳐 지나듯이 몸을 움직이는 악노이의 기척에 와락 얼굴을 구겼다.

"젠장!"

"못 간다."

철무한 못지않게 난처하기는 모용기 역시 마찬가지였다.

자신의 앞을 가로막은 철영강이 문제였다.

'하필 저 아저씨가 걸려 가지고…… 그냥 무한이랑 서로 바꿀 걸 그랬나?'

모용기의 표정에 곤란하다는 기색이 어렸다.

융통성 없는 철영강과 마주하자 숨이 턱 막히는 기분이었기 때문이다.

두 팔을 풀어 내린 채 가볍게 주먹을 쥐고 있는 철영강은 쉬이 물러설 기세가 아니었다.

차라리 자신이 아니라 철무한이었다면 상황이 조금은 나았을 것이다.

같은 피를 나눈 사이이기도 했고 패천성의 소성주이기도 했으니, 일단 대화는 나눌 수 있었을 터였다.

그러나 모용기는 이내 고개를 저을 수밖에 없었다.

'아니지. 딱 말만 들어 주겠지. 지나가려면 결국 한바탕

해야 될 테고⋯⋯.'

누가 되었든 무슨 말을 해도 먹히지 않았고, 철영강을 움직일 수 있는 이는 오로지 패천성주인 철자강뿐.

그를 통하는 게 아니라면 힘으로 제압하는 방법만이 유일했다.

결국 그와 같은 결론이 나온다면 정답은 철무한이 아니라 자신이었다.

'어쩔 수 없나?'

모용기가 한숨을 푹 내쉬며 제 검으로 손을 가져가는 한편 여전히 제 품에 안겨 있는 담설을 밀어내려 했다.

"일단 좀 비켜 봐. 이 일부터 처리하고⋯⋯."

그러나 모용기는 그 행동을 끝마칠 수 없었다. 익숙한 기척이 주변으로 다가오는 게 느껴졌기 때문이다.

"네가 여기 어쩐 일이냐? 대체 어떻게 된 것이야?"

급박한 와중에도 홍소천이 반갑다는 얼굴을 했다.

차마 그를 외면하지 못한 모용기가 시선을 돌렸다.

"방주님, 오랜만입니다."

"그래, 오랜만⋯⋯ 아니, 이게 아니고⋯⋯ 네가 어쩐 일이냐니까? 이 아이는 또 누구고?"

홍소천이 담설을 힐끔거렸다.

그러나 모용기는 어색하게 웃음을 보이며 고개를 저었다.

"그게 중요한 게 아니고…… 아, 마침 잘됐다. 얘 좀 말아 줘요."

"응? 뭐……?"

홍소천이 의아하다는 얼굴로 담설을 처다봤다.

그러나 밀어내려는 모용기의 손길을 거부한 담설은 오히려 그의 품속으로 더 파고들었다.

"야, 잠깐 좀 비켜 보라니까? 일단 이 일 좀 해결하고……."

"싫어요."

담설이 들릴 듯 말 듯 작은 목소리로 자신의 의사를 전달했다.

모용기가 얼굴을 찌푸렸다.

"그럼 어쩌자고? 일단 뚫고 지나가야 할 거 아냐? 네가 몰라서 그러나 본데, 저 아저씨 고집이 보통이 아니야. 절대로 그냥은 못 지나가."

담설이 모용기의 앞을 막아서고 있는 철영강을 힐끔거렸다. 그러나 모용기의 옷깃을 꼭 움켜쥔 손은 결코 풀지 않았다.

모용기가 난감하다는 얼굴을 했다.

그런 두 사람을 번갈아 처다보던 홍소천이 말문을 열었다.

"그러니까 무슨 일……."

"무슨 일이긴 무슨 일이겠어요? 창룡의 일이지. 그걸 해결하려고 뚫고 지나가려는 것 아니에요?"

홍소천이 눈을 동그랗게 떴다.

"아니, 네가 그걸 어찌……."

그러나 모용기는 고개를 저어 홍소천의 말을 끊었다.

"의문은 나중에 풀어 줄 테니까, 일단 애 좀 어떻게 해 줘요."

"애? 그러니까 얘는 누구……."

여전히 제 의문이 먼저인 홍소천이었다.

모용기가 한숨을 푹 내쉬더니 담설을 내려다봤다.

도무지 이해가 가지 않았다.

자신의 무엇을 보고 이렇게 꼭 달라붙어 있는지 이해가 가지 않는 것이다.

그러나 철영강의 일이 먼저였기에 홍소천과는 달리 제 의문을 접어 두는 모용기였다.

일단은 힘으로라도 풀어야겠다고 생각했다.

모용기가 작정한 얼굴로 제 옷깃을 꼭 쥐고 있는 담설의 손을 낚아채려 했다.

그러나 이번에도 들릴 듯 말 듯 자그마한 목소리가 귓전을 때리자 그 생각을 접을 수밖에 없었다.

"비켜야 할걸요?"

모용기가 뻗던 손을 멈칫하며 고개를 갸웃거렸다.

"응? 그게 무슨 소리야?"

담설은 대답에 앞서 철영강을 힐끔거렸다.

그리고는 여차하면 끊어질 듯한 가느다란 음성으로 다시금 말을 이었다.

"저 아저씨, 비켜야 할 거라고요."

"그러니까 그게 무슨 소리냐고?"

모용기가 눈살을 찌푸리며 답답하다는 얼굴을 했다.

제법 거리가 있었지만 용케 그 목소리를 놓치지 않은 철영강 역시 호기심이 가득한 얼굴로 담설을 쳐다봤다.

"그 아이는 누구지?"

"어? 그러니까……."

설명하기가 곤란했다.

모용기가 고개를 저으며 얼른 말을 돌렸다.

"그건 나중에 말하고요. 그보다 무슨 의미냐고? 철 아저씨가 왜 비켜야 하는데?"

이번에는 홍소천이 눈을 동그랗게 떴다.

"철 아저씨? 네가 철영강을 어떻게 알고?"

"아 진짜! 나중에 설명해 준다니까요? 일단 이 일부터 처리하고……."

무엇 하나에 집중할 수가 없었다.

짜증이 치밀어 올랐다.

모용기가 더는 다른 말을 듣지 않겠다는 듯 담설에게만

시선을 집중했다.

"그러니까 말해 봐. 대체 무슨 의미인지."

"그놈 성깔은……."

홍소천이 못마땅하다는 듯이 얼굴을 찌푸리더니 저 역시 무엇이 중요한 건지 뒤늦게 알아채고는 담설을 쳐다보며 입을 다물었다.

사람들의 시선이 몰려들자 담설은 모용기의 품으로 더 깊숙이 파고들려 했다.

"아, 아니 잠깐! 이러지 말고 말부터 해 보라고. 철 아저씨가 왜 비켜야 하는데?"

밀어내려는 모용기의 손길을 거부한 채 억지로 모용기의 품으로 파고든 담설은 원하는 바를 이루고 나서야 움직임을 멈췄다.

그리고는 그제야 예와 같은 목소리로 다시 입을 열었다.

"패천성주 혹은 정무맹주가 위험할 테니까요."

"응?"

모용기가 눈을 동그랗게 떴다.

홍소천과 철영강이 안색이 변했다.

"그게 무슨 말이냐? 맹주가 왜?"

"무슨 헛소리냐? 성주님이 무슨……."

홍소천과 철영강의 당황한 음색에도 담설은 일절 반응하지 않았다. 그리고는 고개를 들어 별처럼 반짝이는 눈으로 모용기와 시선을 맞추며 입을 열었다.

"창룡검대 정도로는 부족하니까요. 그 정도는 얼마든지 주고받을 수 있는 것이니까. 전면전이 벌어지려면……."

그 정도로 충분했다.

모용기가 와락 얼굴을 구기며 담설의 말을 끊었다.

"젠장! 그걸 왜 이제 말해!"

그때, 홍소천과 같은 것을 물어 오는 이가 있었다.

"자넨 대체 어떻게 된 건가? 그 아이는 또 누구고?"

익숙한 목소리에 고개를 돌리는 모용기.

이내 뒤늦게 숨을 돌린 듯 기웃거리며 자신에게 다가오는 당화기의 모습을 확인할 수 있었다.

"어? 당 장로님! 오랜만…… 아, 아니 이게 아니고……."

반가운 얼굴을 하던 모용기가 고개를 휘휘 저었다.

그리고는 다시 품 안의 담설을 내려다봤다.

"어느 쪽이야? 정무맹주? 아니면 패천성주?"

당화기가 눈을 동그랗게 뜨며 담설보다 먼저 반응했다.

"그건 또 무슨 말인가? 맹주? 성주?"

그 때 홍소천이 손을 내밀어 당화기의 앞을 막아섰다.

"왜……."

"가만히 좀 있어 보게."

홍소천이 가만히 고개를 젓고는 담설을 쳐다봤다.

"대체 무슨 말이냐? 맹주가 위험하다니? 무슨 근거로 그런 말을 하는 것이냐?"

이번에도 당화기가 화들짝 놀라며 먼저 반응했다.

"맹주? 맹주가 위험하단 말입니까? 그게 대체 무슨……
으헉!"

무의식적으로 모용기에게 다가서던 당화기가 기겁을 하
며 물러섰다.

어느새 번쩍 검을 뽑은 모용기가 휙 하고 검을 그은 탓이
었다.

"자네 이게 무슨……!"

당화기가 두 눈을 부릅뜬 채 모용기를 노려봤다.

그러나 그런 그에게 시선조차 주지 않은 채 철영강을 바
라보며 얼굴을 찌푸리는 모용기였다.

"하지 말아요. 얘가 몸이 좀 약해요."

그 말에 철영강이 미간을 미간을 좁혔다.

은연중 살기를 드러내 담설을 압박하려던 것인데, 그로
인해 무위로 돌아간 것이었다.

그러나 이내 안색을 고치며 모용기를 노려봤다.

"그럼 네가 입을 열도록 해 보거라. 성주님께서 위험하다
니? 그게 대체 무슨 헛소리냐?"

무작정 윽박지르려는 철영강이 못마땅하기는 모용기 역
시 마찬가지였다.

그러나 모용기는 다른 의문이 먼저였다.

모용기가 담설을 내려다봤다.

"맹주야, 성주야? 어느 쪽으로 갈까?"

담설이 작게 고개를 저었다.

"나도 몰라요."

"무슨 소리야? 말을 꺼낸 건 너잖아. 네가 모르면 누가 알아?"

하나 담설은 주위를 휙 둘러보는 것으로 모용기의 말을 끊었다.

그리고는 제 말을 덧붙였다.

"저들이 알겠죠. 저는 정무맹주나 패천성주의 옆에 누가 있는지 몰라서……."

이내 무슨 말인지를 알아챌 수 있었다.

바로 약한 쪽을 노린다는 것.

그러나 여전히 난감한 것은 매한가지.

모용기가 잔뜩 얼굴을 찌푸린 채 홍소천과 철영강을 번갈아 쳐다봤다.

'말해 달라고 한다고 답해 줄 것도 아니고…….'

따로따로 만났다면 모를까 서로 적대시하는 둘을 한 자리에서 만난 것이 잘못이었다.

'젠장. 이럴 줄 알았으면 좀 더 급하게 움직일걸. 아니지. 따로 만난다고 해도 저 아저씨는 죽어도 말해 주지 않았을 테고…….'

모용기가 철영강을 쳐다보며 한숨을 내쉬었다.

그러나 이내 고개를 휘휘 저어 잡념을 날려 버리고는 다시 담설을 내려다봤다.

"그럼 이제 어떻게 해? 무작정 아무 데나 갈 수도 없는 노릇이잖아."

담설이 고개를 숙인 채 무언가 생각하는가 싶더니 이내 고개를 들어 모용기와 시선을 맞췄다.

"일단 가까운 곳부터……."

담설의 말에 모용기가 난감하다는 얼굴로 또다시 홍소천과 철영강을 번갈아 쳐다봤다.

저들이 쉬이 대답해 줄 수 없는 질문이라는 사실은 여전했던 탓이었다.

"이럴 줄 알았으면 하오문에서 좀 더 자세히 알아보고 움직이는 건데…… 그러고 보니 하오문에서는 왜 말을 안 했던 거야? 그랬다면 좀 더 빨리 대응할 수 있었을 거 아냐?"

"그땐 저도 몰랐어요. 그러지 않을까 생각하긴 했는데, 확신은 없었거든요, 그런데……."

"그런데?"

"여기 와서 보니까 고수들이 꽤 많이 있어서…… 이 정도면 정무맹주나 패천성주 곁에는 사람이 별로 없겠다 싶어서요."

담설의 말에 모용기는 문득 느껴지는 것이 있었다.

"신응교와 창룡검대는 미끼라는 건가?"

그러나 담설은 아무런 대꾸도 하지 않은 채 모용기의 품에 고개를 기댈 뿐이었다.

그 모습에 모용기 역시 더 이상 묻지 않았다.

말은 없었지만 어렵지 않게 알 수 있었다.

몸이 축 늘어지는 것은 제법 무리를 한 여파일 터.

더 이상 그녀에게 기대하는 것은 무리라 생각했다.

가만히 눈을 감는 담설을 꼭 감싸 안은 모용기는 그나마 말이 통하는 홍소천에게 시선을 돌렸다.

"방주님, 맹주님 계신 곳 좀 알려 주세요."

홍소천이 미간을 좁혔다.

헛소리로 치부하기에는 제갈곡과의 대화를 통해 어렴풋하게 느꼈던 것이 마음에 걸렸다.

'정말 우리가 모르는 무언가가 있나?'

서문경을 무작정 족칠 수도 없는 상황에서 진산이 갑작스레 움직이는 바람에 미처 손을 쓰지 못했었다.

조금 더 자세히 캐지 못한 것이 지금에서야 후회로 다가왔다.

그러나 그렇다고 해서 모용기의 물음에 선뜻 대답할 수는 없었다.

철영강과 같은 이유였기 때문이다.

홍소천이 한숨을 푹 내쉬며 고개를 저으려는 순간.

"으허헉!"

멀리서 기괴한 비명 소리가 요란하게 들려왔다.

모용기가 휙 고개를 돌리며 반색을 했다.

"어? 아줌마!"

탓!

가벼운 착지음과 함께 지면에 발을 내딛는 한 사람.

하수란이었다.

그렇지 않아도 급하게 움직이는 모용기를 따라잡는 것이 쉽지 않았는데, 장용의 뒷덜미를 낚아챈 채 이동하다 보니 지금에서야 도착한 것이었다.

그제야 하수란의 손에서 풀려난 장용이 비틀거리며 걸음을 옮겼다.

하지만 채 두어 걸음을 옮기지 못하고 그 자리에 무릎을 꿇더니 고개를 숙였다.

"우웨엑!"

딱 보기에도 끈적끈적한 토사물이 쏟아지며 시큼한 냄새가 훅 풍겨 왔다.

하수란이 한숨을 푹 내쉬었다.

어찌 되었든 당금의 신무문주는 그였기에 이대로 내버려 둘 수는 없었던 탓이었다.

하수란이 걸음을 옮겨 등이라도 두드려 주려는 찰나.

모용기가 휙 움직이더니 하수란이 장용에게 그랬듯, 하수란의 뒷덜미를 낚아챘다.

"어?"

예상치 못한 상황에 하수란이 당황한 얼굴을 했으나, 모용기는 일단 발부터 움직였다.

어지럽게 잔상을 남기며 자리에 남은 이들의 시야에서 점차 사라져 가는 모용기였다.

이제는 자신조차 따라가기 어려운 움직임을 선보이는 모용기를 멍하니 쳐다보던 홍소천이 뒤늦게 정신을 차리고는 버럭 소리를 질렀다.

"이놈아! 이렇게 가면 창룡검대는 어찌하고!"

순식간에 십여 장을 뛰어넘던 모용기가 한순간 멈칫하더니 움직임이 느려졌다.

뒤늦게 명진과 철무한 등에게 생각이 미친 게다.

'괜찮을까?'

제법 많은 성장을 거듭한 둘이라곤 하나, 상대가 신응교주 안호석이라면 두 사람에겐 높은 벽일 터.

둘만으로 감당하는 것은 어려울지도 모른다.

그러나 모용기는 고개를 휘휘 저었다.

'믿자. 그 녀석들이라면 괜찮을 테니까.'

그리고는 다시금 진기를 끌어올렸다.

모용기의 신형이 엿가락처럼 쭉 늘어났다.

이번에는 하수란이 장용과 비슷한 비명을 토해 냈다.

"으허헉! 이것 좀! 아, 아니 무슨 일인지 말 좀! 으허헉!"

"으헛!"

무섭게 쇄도하던 악노이가 기겁을 하며 고개를 틀었다.

날카로운 예기가 덧씌워진 새하얀 검신이 사각을 노렸기 때문이다.

쉭!

명진의 검이 악노이를 스쳐 지나간 직후, 몇 가닥의 머리 카락이 나풀거리며 흩어져 내렸다.

가슴이 철렁하는 느낌에 핏기가 쏙 가서 창백한 얼굴을 하던 악노이는 이내 이를 갈며 명진을 노려봤다.

"네놈……!"

당장이라도 씹어 먹기라도 하려는 듯이 살기를 드러냈 다.

그러나 제 생각대로 함부로 움직이지는 못했다.

무시하기 힘들 정도로 매서운 기세를 뿜어내고 있었지 만, 자신을 향해 곧게 뻗어 있는 명진의 검이 두렵기 때문 에는 아니었다.

악노이의 눈길이 본능적으로 안호석을 찾았다.

명진을 아는 듯했던 그의 말투가 마음에 걸린 탓이었다.

악노이의 눈길을 받은 안호석이 고개를 끄덕이며 입을 열었다.

"명줄만 붙여 두도록. 여의치 않으면, 어쩔 수 없고."

안호석의 냉담한 목소리에 철무한이 당황한 얼굴을 했다.

"숙부님!"

그러나 안호석은 철무한에게 시선조차 주지 않았다.

철무한이 입술을 꼭 깨물며 안호석에 다가가려는 순간.

쾅!

갑작스레 터져 나온 폭음에 급하게 고개를 돌려야 했다.

자욱하게 피어오르는 흙먼지 사이로 주르륵 밀려나는 명진의 신형.

그것을 확인한 철무한이 급하게 몸을 날렸다.

턱!

명진의 등을 받쳐 준 철무한이 급하게 명진의 상세를 살피려 했다.

"괜찮아?"

그러나 명진은 입꼬리를 따라 가늘게 흘러내리는 핏물을 소매로 슥 닦아 내고는 철무한을 밀쳐냈다.

"괜찮다."

그리고는 흙먼지를 헤치며 저벅저벅 걸음을 옮기는 사내

를 향해 검을 들었다.

이내 완연히 모습을 드러내는 사내, 악노이.

어느새 그의 양손에는 푸른빛의 덩어리가 덧씌워져 있었다.

그 모습을 바라보며 명진이 입술을 앙다물었다.

안희명이나 안호석보다는 못하지만, 그의 양손에 덧씌워진 기운은 쉬이 무시할 만한 계제가 아니었던 탓이었다.

반면 여전히 새하얀 빛을 발하는 명진의 검신을 살핀 악노이는 의외라는 얼굴을 했다.

"호오? 안 부러졌나? 명검인가 보군."

자신의 주먹을 받아 내려면 적어도 검기는 뽑아낼 수 있어야 했다.

그러나 명진에게서 그런 기색을 확인하지 못한 악노이였다. 그렇다면 결론은 단 한 가지. 명진의 검이 특별한 것이라 뜻이었다.

순간 악노이의 두 눈에 탐욕이 깃들었다.

번들거리는 악노이의 두 눈을 확인한 철무한이 난감하다는 얼굴을 했다.

"이런……."

저 상태면 무슨 일이 벌어져도 이상하지 않을 터.

철무한이 얼굴을 찌푸리며 다시금 안호석을 찾았다.

"숙부님! 정말 이러실 겁니까? 이러고도 내가…… 어?"

철무한이 또다시 당황한 얼굴을 했다.

안호석이 철무한의 말을 들은 체도 않고 휙 몸을 날렸기 때문이다.

그와 동시에 신웅교의 무사들 역시 일제히 몸을 날렸다.

수십의 무리가 한꺼번에 움직이자 마치 검은 물결이 이는 듯했다.

철무한이 와락 얼굴을 구겼다.

"망할!"

그 때 한 걸음 멀어져 있던 하유선의 날카로운 목소리가 들려왔다.

"어? 남궁 공자!"

철무한이 급하게 시선을 던졌다.

신웅교 무사들의 뒤를 따르는 남궁서천의 신형.

철무한이 버럭 소리를 지르며 신형을 날렸다.

"이 미친놈아!"

철무한의 신형이 쭉 늘어나며 단숨에 남궁서천을 따라잡으려는 순간.

쾅!

"으헉!"

순간 쇄도하는 푸른빛 덩어리에 철무한이 기겁을 하며 몸을 뺐다.

바닥에 주먹을 박은 채 철무한을 쳐다보는 악노이의 입

술 사이로 나지막한 음성이 흘러나왔다.

"아무리 소성주라도 못 갑니다."

"악노이……."

철무한이 저도 모르게 이를 갈았다.

악노이를 노려보는 두 눈이 붉게 물들며 저도 모르게 살기가 흘려 냈다.

그 때 명진이 철무한의 어깨를 툭 치며 앞으로 나섰다.

"비켜."

"너……!"

명진이 가볍게 고개를 젓더니 어느새 시야에서 벗어나려 하는 남궁서천의 뒷모습을 향해 턱짓을 했다.

"가라. 여긴 내가 맡지."

악노이가 철무한을 대할 때와는 전혀 다른 얼굴로 명진을 노려봤다.

"건방진……!"

철무한이 명진과 악노이를 번갈아 가며 쳐다봤다.

그리고는 조심스런 얼굴로 명진을 쳐다봤다.

"너 혼자 괜찮겠어?"

명진이 대답 대신 검을 들어 악노이를 향해 검 끝을 겨눴다.

그리고는 한순간 바닥을 콕 찍었다.

명진의 신형이 엿가락처럼 쭉 늘어났다.

철무한과는 차원이 다른 속도감이었다.

그러나 악노이는 코웃음을 치며 주먹을 뻗었다.

"흥!"

가소롭다는 얼굴이었다.

속도를 붙이면 변수가 적어진다.

제 속도를 이겨 내지 못하면 결국은 한 방향으로 향할 수밖에 없었기 때문이다.

그리고 자신에게는 그 방향을 어렵지 않게 읽어 낼 경험이 있었다.

"죽어!"

악노이가 새파란 빛무리에 둘러싸인 주먹을 뻗어 냈다.

단숨에 명진의 신형을 짓뭉개 버릴 듯 무섭게 날아드는 악노이의 주먹.

작정을 하고 진기를 끌어올린 듯 파지직하며 매서운 기파를 동원했다.

그리고 그 기파에 무섭게 쇄도하던 명진의 신형이 위태롭게 흔들리는 순간.

쾅!

폭음이 요란하게 터져 나왔다.

"으응?"

의아한 느낌에 악노이가 미간을 좁혔다.

요란한 폭음이 일었음에도 손에 걸리는 것이 없었던 게

다.

하나 그러한 생각을 오래 지속할 수는 없었다.

"이, 이런!"

한순간 날카롭게 뻗어 나오는 예기에 기겁을 하며 몸을 틀었다.

서걱!

"큭!"

명진의 검이 악노이의 왼쪽 어깨에 길게 검상을 남기며 지나갔다.

그리 깊은 상처는 아니지만 잠깐이나마 악노이의 움직임이 둔해졌다.

그것을 알아본 명진이 이를 악물었다.

'기회!'

명진의 검이 길게 잔상을 그리며 쭉 뻗어 나갔다.

"흡!"

그 모습에 급하게 숨을 들이켜며 본능적으로 한 걸음 물러서려던 악노이가 한순간 멈칫하더니 벼락같이 양장을 뻗어 냈다.

이내 그의 손으로 새파란 빛무리가 순식간에 몰려들더니 금방이라도 짓뭉개 버리겠다는 듯한 위협적인 기세를 내뿜으며 명진을 향해 날아들었다.

"죽어!"

하나 그 순간에도 명진은 여전히 침착한 얼굴로 진기를 끌어올렸다.

예상했던 바였다. 달라질 것은 없었다.

순간 새하얗게 빛을 뿜어내던 명진의 검에 희미하게 새파란 막이 덧씌워졌다.

"어?"

명진의 검기를 알아본 악노이가 당황한 얼굴을 했다.

그러나 무언가를 하기에는 한발 늦은 상황.

명진의 검기가 유형화된 기의 덩어리를 갈기갈기 찢어버리며 순식간에 파고들었다.

"젠장!"

악노이가 저도 모르게 두 눈을 질끈 감는 순간.

쾅!

"큭!"

명진이 답답한 신음성을 흘리더니 비틀거리며 물러섰다.

"형님!"

악노오였다.

주먹을 뻗어 간신히 명진을 물러서게 한 악노오가 급하게 악노이를 부축하려 했다.

그러나 악노이는 그의 손길을 밀어냈다.

"괜찮다."

그리고는 한 걸음 앞으로 나서더니 어느새 다시 새하얀

빛을 뿜어내는 명진의 검을 쳐다봤다.

"검기라고? 그 나이에?"

악노이가 황당하다는 얼굴로 명진을 쳐다봤다.

"거기다 숨길 줄까지 알고? 아무리 이름을 날리는 기재라도 그렇지 나 이거 어이가 없어서 원……."

악노이가 고개를 절레절레 저었다.

그러나 이내 눈빛을 고치며 명진을 노려봤다.

"반드시 죽여야겠구나."

이것저것 잴 것이 아니라는 것을 확실히 깨달은 것이다.

살기를 끌어올리는 악노이를 따라 저 역시 기세를 올리는 악노오의 모습에 철무한이 난감한 얼굴로 끼어들려 했다.

"아니 그게 아니고, 내 친구……."

그러나 철무한은 말을 끝맺을 수 없었다.

명진이 그와 시선을 맞추며 말을 끊어 버린 탓이었다.

"가라고 했다."

"뭐…… 뭐?"

"내 말 못 알아들었나? 가라. 애초에 목적이 그거였지 않나?"

철무한이 얼굴을 찡그리며 버럭 목소리를 높였다.

"미친놈아! 너 그러다 진짜 죽는다고!"

제아무리 호삼곡을 잡은 명진이라 해도 무리라고 생각했

다.

명진이 호삼곡을 잡은 것은 운이 크게 작용했기 때문이었다.

만일 이길 생각이었다면, 호삼곡 때처럼 첫 검기를 드러냈을 때 반드시 끝을 봤어야 했다.

명진이 검기를 쓴다는 것을 몰랐다면 모를까, 이미 악노이가 알게 된 이상 그와 같은 요행을 바랄 수는 없기 때문이다.

그러나 명진은 여전히 고개를 저을 뿐이었다.

"기아가 막으라고 했다. 가서 막아라."

"아니 그러니까…… 야, 인마. 너 진짜 죽는다고. 그걸 모르고……."

"안 죽는다."

"뭐, 뭐?"

"안 죽는다. 그러니까 가라."

철무한이 얼굴을 찌푸렸다.

"야, 인마. 그게 네 마음대로……."

그러나 철무한은 더 이상 말을 이을 수가 없었다.

명진이 차가운 얼굴로 시선을 돌려 버렸기 때문이다.

철무한이 난감한 얼굴을 하는데 하유선이 철무한의 팔을 툭툭 쳤다.

"왜?"

"가자구요. 일단 막아야 할 거 아니에요?"

"너까지 왜 그래? 그거 말고 이거부터 막아야 할 거 같은데…… 쟤 진짜 죽는다고."

그러나 고개를 젓는 하유선이었다. 그리고는 악노이를 자극하지 않으려는 듯 목소리를 낮추며 속닥거렸다.

"못 죽여요. 가뜩이나 남궁이랑 척을 지려 하는 판에 무당까지? 신응교가 망하려고 작정하지 않은 이상 그런 짓은 못 해요."

제아무리 패천성을 등에 업은 신응교라도 남궁과 무당을 동시에 적으로 맞아들이는 것은 무리라 생각한 것이다.

물론 팔 하나 정도는 잘라 버릴 수도 있었으나, 구태여 그 말까지는 꺼내지 않았다.

"그, 그럴까?"

철무한이 조금은 솔깃한 얼굴이다.

하유선이 쐐기를 박듯 고개를 끄덕였다.

"그렇다니까요. 절대로 못 죽여요. 오라버니가 보지 않았다면 모를까, 오라버니가 본 것을 아는 이상 절대 못 죽여요."

그리고는 은근슬쩍 예전의 호칭을 끼워 넣는 하유선이었다.

"흐음……."

철무한이 낮게 신음을 흘리며 명진을 쳐다봤다.

명진은 여전히 악노이와 시선을 마주한 채 철무한에게 시선조차 주지 않았다.

철무한이 이를 악물었다.

그리고는 재빠르게 손을 뻗어 하유선의 뒷덜미를 낚아챘다.

"어? 자, 잠깐…… 어, 업고……."

그러나 철무한은 차가운 얼굴로 중얼거리듯 말했다.

"누구 마음대로 오라버니래? 우리 소화 잡아 죽이려고 했던 년이."

"어? 그, 그게……."

철무한이 더 들은 체도 하지 않고 바닥을 쿡 찍었다.

업혔을 때와는 달리 또 다른 풍경이었다. 하유선의 신형이 제멋대로 나풀거리며 사물이 빙글빙글 돌아갔다.

단번에 오장육부가 뒤집어지는 느낌이었다.

"어? 어? 으허헉!'

순식간에 멀어지는 하유선의 비명 소리에 악노오가 당황한 얼굴을 했다.

"어?'

"가서 막아."

"하지만……."

"쓸데없는 걱정은 말고. 설마 저 애송이가 날 어떻게 할 수 있다고 생각하는 건 아니겠지?"

악노오가 눈알을 또르르 굴렸다.

그러나 결론은 어렵지 않았다.

"그럼 조심하십시오."

그리고는 휙 몸을 날려 순식간에 자취를 감췄다.

그제야 악노이가 명진을 쳐다봤다.

"이제 방해물도 사라졌고…… 제대로 해볼까?"

명진이 말없이 검을 들었다.

그리고는 버릇처럼 바닥을 콕 찍었다.

흐릿하게 잔상을 남기며 움직이는 명진의 신형을 따라잡으며 악노이가 코웃음을 쳤다.

"흥!"

모용기가 하수란을 드디어 풀어 줬다.

"여기야?"

그러나 대답보다 제 용무가 우선인 하수란이었다.

"우웨엑! 우웩!"

머리가 빙글빙글 돌며 오장육부가 뒤집어지는 느낌에 먹은 것을 모조리 게워 내는 하수란.

그러나 제 볼일을 끝낸 모용기는 더는 하수란에게 관심 없다는 얼굴로 산 위를 올려다봤다.

어둠에 잠긴 채, 군데군데 불빛을 밝힌 이름 모를 야산은 더 없이 평온해 보였다.

모용기가 제 품 안의 담설을 내려다봤다.

"여긴 아닌 것 같지?"

아무렇게나 매달려 왔던 하수란과 달리 제법 모용기의 보호를 받은 담설은 토악질을 하지는 않았다. 그러나 원체 약해진 몸이라 그 정도로도 충분히 무리가 간 듯한 모습이었다.

모용기의 품 안에서 쌕쌕거리며 한동안 숨을 고른 담설이 그제야 모용기와 시선을 맞췄다.

"여긴 아닌 것 같아요."

담설의 확인에 모용기가 얼굴을 찌푸렸다.

"그럼 정무맹주인데……."

골치가 아프다는 얼굴이었다. 철자강보다 진산이 더 까다롭단 생각이 들었기 때문이다.

'이거 진짜 맹주를 갈아치워야 하나?'

진산이 나쁜 사람이라 생각하지는 않았다. 그러나 욕심이 많다는 것이 문제였다. 제 욕심을 채우려 어디로 튈지 모르기 때문이다.

잠시 눈알을 또르르 굴리던 모용기가 이내 고개를 휘휘 저었다.

그리고는 이제는 어느 정도 안정을 찾았는지 토악질을

멈춘 하수란을 다시 쳐다봤다.

"이제 끝났어? 그럼 정무맹주한테……."

"어? 자, 잠깐!'

속이 뒤집어져 가뜩이나 하얗게 질린 얼굴이 이제는 아예 시퍼렇게 질려 갔다.

물론 모용기의 관심사는 아니었다.

한 걸음 다가설수록 주춤거리며 물러서는 하수란의 소극적인 반항 역시 별다른 문제는 아니었다.

그러나 하수란을 구원해 준 것은 의외의 인물이었다.

툭! 툭!

제 가슴을 두드리는 담설의 손길에 하수란을 쳐다보며 악동 같은 얼굴을 하던 모용기가 그 자리에서 멈칫하더니 시선을 내렸다.

"왜?"

"그냥 가게요?'

"응? 그게 무슨 소리야? 그냥 가야지? 패천성주한테 무슨 볼일이 있는 것도 아니고."

그러나 담설은 모용기의 시선을 외면하며 철자강이 머무른 산 위를 올려다보며 중얼거렸다.

"불이라도 질러야……."

"응? 불을 질러? 아니, 불은 왜?'

모용기가 고개를 갸웃거렸다.

담설의 말을 먼저 알아듣고 손뼉을 짝 하고 친 것은 새파랗게 질려 있던 하수란이었다.

"그렇군! 불이라도 질러야 일이 잘 풀리겠어!"

알아들을 수 없는 말에 모용기가 미간을 좁혔다.

그리고는 하수란과 담설을 번갈아 쳐다보다가, 이미 제 풀에 고개를 박은 담설 대신 하수란을 향해 질문했다.

"아줌마. 아줌마가 말해 봐. 불을 지른다니, 그게 무슨 말이야? 저기다 불을 왜 질러? 괜히 불 질렀다가는 패천성주랑 패천성 애들이 진짜 죽이려고 따라붙을…… 어? 어라?"

말을 하던 모용기가 한순간 눈을 동그랗게 떴다.

하수란이 픽 웃으며 고개를 끄덕였다.

"바로 그걸세. 다 끌고 가자는 거지."

뒤죽박죽 엉켜 있던 머릿속이 환하게 밝혀지는 듯한 기분이었다.

모용기가 기분 좋다는 얼굴로 히죽 웃음을 보였다.

"난장판 한번 만들어 보자는 거지? 그건 또 내 전문…… 어?"

그러나 모용기는 또다시 눈매를 좁히며 하수란을 노려볼 수밖에 없었다.

약간은 살기가 깃들어진 눈초리에 하수란이 몸을 움찔 떨었다.

"왜, 왜 그러나?"

"아줌마 알지?"

한 걸음 바짝 다가서는 모용기를 보며 하수란이 저도 모르게 주춤거리며 물러섰다.

"뭐, 뭘 말인가?"

"뭐긴 뭐야? 다른 놈들 있다는 거 말이야. 아줌마도 알지?"

모용기의 말에 하수란도 안색이 변했다.

조금은 주눅 들었던 듯한 얼굴을 온데간데없어지고 모용기 못지않게 날카로운 눈으로 반문했다.

"네가 어떻게 그걸…… 아니, 그보다 넌 그들이 누군지 아는 것이냐? 대체 그들이 누군……."

그러나 모용기는 고개를 저어 하수란의 말을 끊었다.

"아줌마, 내가 충고 하나 할게. 당분간은 알려고 하지 마. 그쪽으로 눈길도 주지 마. 괜히 건드렸다가는 진짜 다 죽어. 내 말 알아들었어?"

"그, 그게 무슨……."

"알려고 하지 마. 내 말대로 해. 그냥 내버려 둬. 진짜 죽기 싫으면."

그리고는 더 말을 않고 시선을 돌려 버렸다.

어차피 하수란의 입을 막아 버릴 방법은 많았기 때문이다. 그보다는 이쪽이 우선이었다.

'이 아저씨, 대충 건드려서는 꿈쩍도 않을 텐데 어쩐다?

가볍게 건드려서는 경계만 할 뿐 쉽사리 움직이지 않을 터. 쉽지 않은 문제에 고민을 하다가 저도 모르게 품 안의 담설을 내려다보며 해답을 구하려 했다. 그러나 담설은 제법 무리를 한 탓에 피곤했는지 어느새 쌔근쌔근 잠이 든 모습이었다.

모용기가 한숨을 폭 내쉬었다.

'어쩌 축 늘어진다 했다. 진짜 불이라도 질러야 하나?'

모용기가 흘러내리려는 담설을 고쳐 안으며 난감한 얼굴을 하는 그 때, 하수란이 다시 목소리를 냈다.

"당분간이라면…… 언제까지를 말하는 것이냐?"

역시 세심하다.

자신이 한 말의 뜻을 정확히 파고드는 하수란을 쳐다보며 고개를 끄덕인 모용기가 이내 목소리를 냈다.

"한 오년? 더 걸릴 수도 있고. 어쨌든 내가 말해 줄 때까지 건드리지 마. 그냥 경계만 해."

"너무 내버려 두면 오히려 더 의심을 살 텐데……."

"어? 그러네? 그럼 자극하지 않을 정도로만 슬쩍슬쩍 건드려. 이제 됐지?"

하수란이 고개를 끄덕였다.

상대가 누군지는 확신하지 못하는 얼굴이었지만 대충은 짐작할 수 있을 터였다.

강호의 세력들을 다 죽일 수 있을 만한 이는 그리 많지 않았기 때문이다.

하수란의 조심스러운 얼굴을 본 모용기가 쩝 하고 입맛을 다셨다.

하수란의 세심함을 알아보지 못하고 너무 많은 것을 말했다는 생각 때문이었다.

'조금 찜찜하긴 한데…… 그래도 진짜 죽을 생각은 없을 테니까. 그보다…….'

모용기가 다시 산 위를 올려다보며 입을 열었다.

"아줌마, 무슨 방법이 없을까? 아무래도 어지간한 불로는 안 될 것 같은데."

하수란이 모용기의 고민을 단번에 읽었다.

"넌 성주님을 잘 모르는구나? 그런 고민을 하는 걸 보면."

"응? 그게 무슨 소리?"

어리둥절한 얼굴을 하는 모용기를 보며 하수란이 픽 웃음을 보였다.

"따라오너라. 그리 어렵지 않을 테니까."

참룡
회귀록

斬龍回歸錄

54 章.

"이거 참 죽겠네……."

피워 놓은 모닥불에서 멀찍이 떨어진 채 바닥에 주저앉아 있던 사영명이 저도 모르게 앓는 소리를 했다.

벌써 열흘째 노숙이었기 때문이다.

제대로 쉬지 못한 탓에 온몸이 욱신거리는 듯한 느낌이었다.

저도 모르게 손을 들어 어깨를 주물럭거리던 사영명이 자신과는 달리 여전히 바른 자세를 유지하고 있는 권함을 쳐다봤다.

"함아."

"예, 대주."

"언제까지 이 짓 할 거래? 뭐 좀 들은 것 없냐?"

"글쎄요……."

난처한 기색으로 고개를 가로젓는 권함.

그나 사영명이나 끈 떨어진 연 신세인 것은 별다를 바 없었기 때문이었다.

위에서 가자면 가고 말자면 말아야 하는 처지였다.

그나마 가담 정도가 크지 않았기에 목숨이라도 부지하긴 했지만, 자신들에 대한 경계는 여전히 심했다.

평소였다면 흑호대를 신경조차 쓰지 않았을 철자강이 자신들을 옆에 꼭 붙여 두고 다니는 것이 바로 그 증거였다.

가만히 입을 다무는 권함을 보며 사영명이 눈살을 찌푸렸다.

그리고는 눈매를 좁히며 철자강이 머무르고 있을 막사를 쳐다봤다.

"썅! 그냥 다 엎어 버리고 튈까?"

그 말에 흠칫하더니 조심스레 주위를 둘러보는 권함이었다.

이내 주위에 아무도 없는 것을 확인한 그가 다시금 사영명을 쳐다보며 목소리를 낮췄다.

"대주님."

"아아, 나도 알아. 그냥 심술이 나서 투덜거려 본 거야."

제아무리 막 나가는 사영명이라고는 하지만 무작정 철자 강에게 덤벼들 생각은 눈곱만큼도 없었다.

계란으로 바위를 쳐 봐야 깨져 나가는 건 계란이었으니까.

"계란에 검강이라도 두르면…… 아니지. 계강? 란강? 이 건 뭐라고 해야 하지?"

사영명이 쓸데없는 고민에 빠져 고개를 갸웃거릴 때, 권 함이 픽 웃으며 가볍게 고개를 저었다.

사영명답다 싶었던 게다.

그러나 사영명은 그런 권함을 가만히 내버려 두지 않았다.

"인마, 그렇게 웃지만 말고 너도 좀…… 어?"

사영명이 흠칫하더니 딱딱하게 얼굴을 굳혔다.

기적도 없이 사영명의 뒤편에서 삐죽이 튀어나온 검.

그리고 장난스런 미소를 머금고 있는 밉살스런 얼굴.

"이, 이……!"

권함이 와락 얼굴을 구기더니 벌떡 일어나며 검을 뽑으 려는 순간, 모용기가 히죽 웃으며 검날을 비틀었다.

"입 다무는 게 좋을걸? 아니면 모가지를 확 따 버릴 테니 까."

비틀어진 검날이 불빛을 머금으며 위험하게 일렁거렸다.

"으음……."

권함이 저도 모르게 신음성을 흘리며 주춤거리려는 찰 나, 사영명이 히죽 웃으며 모용기를 쳐다봤다.

"적당히 해. 싸우려고 온 것도 아닌 것 같은데."

"호오. 그걸 알아봤어?"

"흑호대주 자리는 동전 던지기로 얻은 줄 알아? 그 정도야 눈 감고도 알 수 있는 거고."

"내가 갑자기 확 돌아서 진짜 칼질할 수도 있는데?"

사영명이 대꾸 없이 주위를 확 돌아봤다.

사영명과 권함의 주변을 감싸고 있던 흑호대의 몇몇 대원들.

실제로는 사영명과 권함을 감시하기 위해 철자강이 배치했던 대원들이 그 자세 그대로 딱딱하게 굳어 있었다.

"그럴 생각이었으면 혈만 잡을 게 아니라 다 죽였겠지. 그런데⋯⋯."

사영명이 한순간 눈매를 좁혔다.

"그때보다 실력이 더 늘었나 봐? 쟤들도 그렇게 만만하지 않은데 기척도 없이 다 제압한 걸 보면. 나나 함이에게 들키지도 않고 말이야."

사영명의 말에 권함이 움찔 몸을 떨며 당황한 얼굴로 주위를 돌아봤다.

하나 사영명은 권함에게 신경도 쓰지 않고 지그시 모용기를 쳐다봤다.

그리고는 엄지와 검지를 들어 모용기의 검 끝을 잡고는 밀어내며 말을 이었다.

"쓸데없는 짓은 말고, 용건이 뭐야? 할 말 있어서 온 거 아냐? 괜히 시간 끌지 말고……."

그러나 모용기는 가볍게 검을 털어 사영명의 손을 뗘쳐 내고는 사영명의 목에 검날을 바짝 가져다 댔다.

"굳이 이럴 것 없다고……."

"아니지. 이 정도는 해야지. 아저씨랑 내가 좋은 인연은 아니잖아?"

사영명이 눈을 찌푸리며 모용기를 쳐다봤다.

"그래서? 할 말이 뭐냐?"

"별건 아니고. 아저씨, 싸우는 것 좋아하지?"

좋아한다.

술이나 여자보다 더 좋아하는 게 칼질이었다.

그러나 사영명은 고개를 저었다.

"안 싸워. 너랑 안 싸워. 해 봐야 깨질 게 뻔한데 뭣하러 싸워? 이건 뭐 상대가 돼야 싸울 생각이라도 들지. 제 나이 가 몇인데 어디서 이런 괴물 같은 놈이……."

"아니, 그게 아니고."

"응?"

사영명이 고개를 갸웃거리며 시선을 들었다.

"너 말고? 그럼?"

"백룡대주 어때? 아니면 정무맹주도 있……."

"백룡대주!"

사영명이 저도 모르게 목소리를 높였다. 억지로 눌러 뒀던 사나운 기세가 단번에 뻗어 나왔다.

갑작스런 살기에 모용기가 움찔하며 몸을 떨었다.

그 탓에 검 끝이 흔들리며 사영명의 목에 생채기를 냈고, 핏줄기가 또르르 흘러내렸다.

하나 사영명은 그에 눈길도 주지 않고 자리에서 벌떡 일어섰다.

당황한 모용기가 냉큼 검을 뺐다.

"어? 어? 이 아저씨가……."

"어디냐? 그놈 어디 있냐?"

"어? 그러니까 그게……."

그 순간 사방이 어수선해지더니 순식간에 벌떼처럼 불길이 일어나며 사방을 환하게 밝혔다.

"누구냐!"

"어떤 놈이 감히!"

모용기가 난감하다는 얼굴을 했다.

"이건 좀…… 너무 커진 것 같은데……."

그러나 사영명은 뺨을 긁적이는 모용기를 가만히 내버려둘 생각이 없었다.

사영명이 모용기에게 한 걸음 다가서며 닦달하기 시작했다.

"어디냐? 한이현 그놈 지금 어디 있나?"

"어? 그게⋯⋯."

그러나 모용기는 말을 끝내지 못하고 시선을 돌려야만 했다.

거대한 존재감이 다가오는 것을 어렵지 않게 알아챌 수 있었던 것이다.

이내 모용기의 시야를 가득 채우는 한 사람.

두 눈을 동그랗게 뜬 채 모용기를 바라보는 그.

패천성주 철자강이었다.

"넌⋯⋯!"

"어? 성주님, 오랜만⋯⋯."

모용기가 어색한 얼굴로 손을 들었다.

의외의 인물의 등장에 철자강이 황당하다는 얼굴을 하다가 이내 눈을 찌푸리고 말았다.

"또 너냐? 네가 여기 무슨 일이냐?"

"아, 그게요⋯⋯."

어설프게 헤실헤실 웃음을 보이던 모용기는 한순간 검끝을 돌렸다.

목덜미에 닿는 차가운 느낌에 사영명이 얼굴을 찌푸렸다.

"그러니까 이럴 필요⋯⋯."

그러나 철자강이 미간을 좁히며 끼어들어 사영명의 말을 끊었다.

"무슨 짓이지?"

"아, 그러니까 그게…… 내가 이 아저씨가 좀 필요해서요."

"필요?"

"예. 좀 필요합니다."

"네가 사 대주를? 대체 무슨 일로?"

"아, 그게……."

잠시 말끝을 흐리던 모용기는 한순간 히죽 웃으며 철자강과 시선을 맞췄다.

"그냥 좀 필요해요. 그러니까 잠깐 빌려 갈게요."

그리고는 재빠르게 사영명의 뒷덜미를 낚아채고는 바닥을 콕 찍었다.

"어?"

사영명이 당황을 담아 짧게 소리를 냈다.

반면 그보다 더 큰 당황을 담아 소리를 내는 권함이었다.

"대주!"

철자강이 와락 얼굴을 구겼다.

"감히 패천성을…… 거기 서지 못하겠느냐!"

"죽여!"

"잡아!"

신응교의 무사들은 창룡검대가 정신을 차리지 못하도록

무섭게 몰아쳤다.

대원들이 크고 작은 상처를 입으며 하나둘씩 떨어져 나갔지만, 저들이 미처 손을 쓸 수 없을 정도로 숨 돌릴 틈도 주지 않는 통에 남궁서현은 어찌할 도리가 없었다.

그렇게 채 한 시진이 되지 않는 짧은 시간이 흐르고.

잠시 전장에서 물러서서 주변을 살피던 남궁진우가 한숨을 내쉬었다.

"열다섯⋯⋯."

이제 남은 수가 열다섯뿐이었다.

처음 절강으로 들어올 때의 딱 절반.

미처 손을 쓰기가 어려울 정도의 짧은 시간 만에 절반이 꺾인 것이다.

"반토막이 났군. 그보다 이게 문제가 아니고⋯⋯."

신응교의 무사들이 마구잡이로 몰아치는 것 같았지만, 조금 시간을 두고 생각해 보면 저들의 의도는 어렵지 않게 읽어 낼 수 있었다.

신응교의 무사들은 창룡검대를 정확히 그들이 원하는 방향으로 밀어 넣고 있었다.

조금이라도 방향을 틀라치면 죽자 살자 달려드는 것이 바로 그 증거였다.

하나 그 끝에 무엇을 준비하고 있는지 뻔히 알면서도 그들이 원하는 대로 이끌려 갈 수밖에 없었다.

그리고 오랜 시간이 지나지 않아 남궁진우가 예상했던 그 상황이 정확하게 눈앞에 펼쳐졌다.

입구가 좁은 협곡.

그 안으로 떠밀리듯 들어가 완전히 포위를 당한 창룡검대의 처지에 남궁진우의 낯빛이 어두워졌다.

한숨을 돌린 남궁서진이 여전히 검을 뽑아 든 채 협곡의 입구를 경계하고 있는 남궁서현을 대신해 남궁진우에게 다가왔다.

"장로님……."

남궁서진의 얼굴 역시 남궁진우의 얼굴 못지않게 어두운 빛을 발했다.

경험은 부족했지만 이 상황이 무엇을 말하는지는 명확하게 알 수 있었던 게다.

남궁진우가 남궁서진을 힐끔 쳐다보고는 고개를 저었다.

"너무 그렇게 걱정하지 말거라. 저들도 생각이 있다면 모두 다 묻어 버리려 하지는 않을 터. 적의 수장이 누구인지는 모르겠지만 곧 모습을 드러낼 테니 일단 얘기를 해 보마."

그러나 남궁서진의 얼굴은 여전히 어두웠다.

창룡검대의 절반이 꺾였다는 것.

그것이 가리키는 바는 명확했다.

적은 끝을 볼 생각을 하고 있다는 것이었다.

'다 죽더라도 대주님만큼은 살려야……'

남궁서진이 이를 악물었다.

그리고는 남궁진우를 향해 시선을 돌리려는 찰나.

"비켜라."

남궁진우가 남궁서진을 밀쳐내며 한 걸음 앞으로 나섰다.

"어?"

남궁서진이 당황한 얼굴을 했다.

그러나 남궁진우는 그에게 시선조차 주지 않은 채, 남궁서현까지 앞질러 창룡검대의 앞을 막아서고는 드디어 모습을 드러낸 안호석을 쳐다봤다.

"이거 정말 뜻밖이군. 당신이 직접 나설 줄은 생각조차 못했는데."

남궁진우가 의외라는 얼굴을 했다.

그러나 안호석은 여전히 차가운 눈으로 남궁진우를 비롯한 창룡검대를 훑어볼 뿐이었다.

그리고는 그 눈길이 날카롭게 날을 세우고 있는 남궁서현에게 닿았을 때, 안호석이 눈을 반짝였다.

"저 녀석이 창룡의 주인인가?"

제 말에는 대꾸하지 않고 다른 말을 하는 안호석을 보며 남궁진우가 눈을 찌푸렸다.

그러나 제 성질을 드러낼 때가 아니다. 그것은 등 뒤에서 당장이라도 폭발할 듯이 날을 세우고 있는 아이들로 충분했다.

가만히 심호흡을 하며 감정을 조절한 남궁진우가 안호석을 쳐다보며 다시금 입을 열었다.

"이게 대체 무슨 짓인가? 신응교는 대남궁세가와 끝이라도 볼 작정인 건가?"

"대남궁세가라……."

남궁진우의 말을 따라하던 안호석이 픽 웃음을 보였다. 명백한 비웃음이었다.

그 의미를 알아챈 창룡검대가 한결 더 날을 세웠고, 남궁진우마저 노기를 참지 못하고 눈썹을 꿈틀거렸다.

그러나 안호석의 얼굴에는 여전히 비웃음이 머물러 있었다.

"대신응교와 끝을 볼 생각을 먼저 한 것은 남궁이지 않나? 그럴 생각이 아니었다면, 창룡이 절강에 들어올 생각도 않았을 테지."

"그, 그건 사정이……."

"그리고……."

차가운 얼굴로 남궁진우의 말을 끊은 안호석은 여전히 고저가 없는 목소리로 다시 입을 열었다.

"그게 아니었다면 화의각주를 건드릴 생각도 하지 않았을 테고."

남궁진우의 안색이 변했다. 덩달아 저도 모르게 목소리
도 높아졌다.

"그, 그게 무슨! 무슨 그런 말도 안 되는!"

그러나 안호석은 더 이상 관심이 없다는 얼굴이었다.

안호석이 딱 하고 손가락을 튕기더니 검지로 남궁진우를
필두로 한 창룡검대를 가리켰다.

"다 죽여."

내력을 담은 탓에 나직한 목소리가 또렷하게 사방으로
퍼져 나갔다.

여태껏 잠잠하던 신응이 다시금 날개를 펼쳤다.

수십 개의 검은 그림자가 어두운 잔상을 남기며 사방에
서 튀어 올랐다.

남궁진우가 얼굴에 암담한 기색이 자리했다.

절대로 빠져나갈 틈을 주지 않겠다는 안호석의 의지를
읽은 탓이다.

"제, 젠장!"

그러나 남궁진우의 등 뒤에서도 신응교의 무사들 못지않
은 기세가 훅 몰아쳤다.

"응?"

지친 기색이 역력했던 창룡대원들이 어느새 남궁서현을
중심으로 대형을 갖추고는 기세를 뿜어내고 있었다.

상처를 입었어도 용은 용이었던 것이다.

그 사실을 뒤늦게 깨우친 남궁진우가 이를 악물었다.

"좋다! 오늘 여기서 같이 죽자!"

남궁진우가 으르렁거리며 목소리를 냈다.

그리고는 다시 거리를 좁히는 신웅교의 무사들을 노려보며 검을 뽑으려는 순간.

턱!

협곡 위에서 시커먼 덩어리가 툭 떨어지더니 두 무리의 사이를 막아섰다.

"응?"

남궁진우의 의문을 필두로 당장이라도 맞부딪칠 듯했던 두 무리가 멈칫하며 움직임을 멈췄다.

그리고 가장 먼저 상황을 파악한 안호석이 얼굴을 찌푸렸다.

"무한이 이놈! 끝까지 막아설 생각이냐!"

"아, 그게……."

철무한이 어설프게 웃으며 손을 들었다.

그 순간 철무한의 좌우에서 두 개의 인영이 떨어져 나가더니 바닥에 고개를 박았다.

"우, 우웨엑!"

"우우웩!"

그리고 그중 하나가 자신의 동생임을 알아본 남궁서현이 목소리를 높였다.

"서천아!"

그러나 외침과는 달리 함부로 남궁서천에게 다가갈 수 없던 남궁서현이었다.

그가 움직이려 하자 신응교의 무사들이 검을 들며 동시에 반응을 보였기 때문이다.

"이……!"

남궁서현이 사납게 눈을 번뜩였다.

그러나 자신을 낚아채는 남궁진우의 손길에 마음먹은 대로 행동을 옮길 수 없었다.

"왜 그러십니까?"

"서천이는 괜찮은 것 같으니 잠시 지켜보세."

남궁진우의 눈길이 철무한에게 향했다. 그러나 먼저 입을 연 이는 그와 같은 곳을 향하고 있던 안호석이었다.

"이유가 무엇이냐?"

같은 패천성의 무리가 아닌, 자신들과는 정반대에 선 정무맹의 남궁세가 측에 선 이유.

아무리 머리를 굴려 봐도 도무지 답이 나오지 않았다.

안호석의 두 눈에는 이해가 가지 않는다는 듯한 의문이 가득 담겨 있었다.

"다른 이도 아니고 무한이 네가 왜? 네가 왜 내 앞을 막아서는 것이냐? 그것도 정무맹의 잡졸들을 지켜 주려 한단 말이냐?"

잡졸이란 말에 창룡의 기세가 한결 날카로워졌다.

그러나 철무한, 안호석 모두 그쪽으로는 시선조차 주지
않았다.

안호석의 시선을 마주하고 있던 철무한이 머쓱한 얼굴로
뺨을 긁적이며 대답했다.

"아, 그게 친구의 부탁이라······."

"친구? 누구? 네게 저들과 관련된 일을 부탁할 만한 친구
가 있었더냐?"

"숙부님도 아시는 녀석입니다. 기아 말입니다. 그 녀석
부탁입니다."

"기아? 기아라면······ 혹시 그 모용의?"

더듬더듬 기억을 되짚어 가던 안호석이 간신히 모용기를
찾아냈다.

철무한이 냉큼 고개를 끄덕였다.

"맞습니다. 그 녀석의 부탁입니다."

"그 녀석이 왜? 그 녀석과 남궁은 별다른 접점이 없을 텐
데?"

그 나이에 남궁세가와 접점이 있을 리 만무하다고 생각
한 안호석이었다. 혹시 선대의 인연이라도 있는 건가 고민
하던 그가 이제는 토악질을 멈춘 채 자신을 노려보고 있는
남궁서천에게로 시선을 던졌다.

"혹시 저 녀석······."

철무한이 안호석의 말이 끝나기도 전에 냉큼 고개를 저었다.

"아닙니다. 저 짐 덩어리를 기아 녀석이 왜 신경 쓰겠습니까? 저 녀석은 아니……."

"너 이 새끼!"

짐 덩어리란 말에 남궁서천이 으르렁거리며 반응했다.

하나 철무한은 남궁서천에게 힐끔 시선을 던질 뿐, 더 이상 관심을 두지 않고 다시금 안호석에게 집중했다.

"어쨌든 저 녀석은 아닙니다."

"그럼 왜?"

계속된 안호석의 물음에 철무한이 난감하다는 얼굴을 했다.

"그건 저도 잘……."

사실 자신도 정확한 사정은 알지 못한다.

이유를 물어봐도 모용기는 제대로 된 설명은 하지 않은 채 얼버무리며 무조건 막으라고만 했기 때문이다.

당연히 안호석이 황당하다는 얼굴을 했다.

"너도 모른다? 그런 주제에 잘도 내 앞을 막아섰구나."

"어? 그러니까, 일단은 부탁이라……."

"흐음……."

안호석이 여전히 철무한을 주시한 채 팔짱을 꼈다.

그리고는 잠시 시간을 보내는가 싶더니 불쑥 입을 열었다.

"친하냐?"

"친하다?"

잠깐 고민하는 듯 보이던 철무한이 순순히 고개를 끄덕였다.

"그렇긴 하죠."

"네 목숨을 걸 만큼?"

안호석의 이어진 질문에 철무한은 고민할 것도 없다는 듯이 냉큼 고개를 저었다.

"아니요."

"허……."

예상치 못한 대답에 안호석이 어처구니없다는 얼굴로 철무한을 쳐다봤다.

"아니다? 그런 주제에 잘도 내 앞을……."

"어쨌든 약속은 약속이라서 말입니다. 그 녀석이 소화를 구해 준 것도 있고."

소화의 얘기를 하던 중 철무한의 시선이 잠시지만 하유선에게로 향했다.

지은 죄가 있으니 하유선의 얼굴이 단번에 하얗게 질려 간 것은 당연한 일이었다.

그 모습을 보고 픽 웃음을 흘린 안호석이 다시 철무한을 쳐다봤다.

"그래서 기어코 내 앞을 막아서겠다?"

"어쩌겠습니까? 이미 약속을 했는데."

안호석이 고개를 끄덕였다.

"그렇긴 하지. 약속은 중요하지."

"그렇지요? 그러니까 숙부님께서 양보를……."

가능성이 보인다 생각한 것인지 철무한의 얼굴이 조금은 밝아졌다.

그러나 안호석은 고개를 저으며 팔짱을 풀었다.

"그러나 난 내 뜻을 꺾을 마음이 없다. 난 저들과 끝을 봐야겠다."

안호석의 날카로운 시선이 철무한을 넘어 창룡검대에게로 향했다.

그 시선을 받은 창룡검대가 움찔하는 것을 힐끔 돌아본 철무한이 난감한 얼굴을 했다.

"그, 그럼……?"

"너는 네 약속을 지켜야겠고, 나는 내 일을 해야겠고."

잠시지만 안호석의 얼굴에 고민하는 기색이 자리했다.

다른 이였다면 벌써 목을 베어 버렸겠지만 철무한에게는 그러지도 못했다.

잠시 고민하던 안호석이 좋은 생각이 떠올랐다는 듯이 손가락을 딱 하고 튕겼다.

"그래! 그게 좋겠구나!"

철무한이 긴장한 얼굴로 침을 꿀꺽 삼켰다.

"무, 무슨……."

"혁련 동생에게 백 합을 받아 냈다지?"

"그건 운이 좋아서……."

"운만으로 될 일이 아니지. 그것을 단순히 운으로 치부한다면 혁련 동생이 길길이 날뛸 일이야."

"아니, 그게……."

철무한이 난처한 얼굴을 했다. 그러나 이미 생각을 마친 안호석은 고개를 저으며 제 말을 이어 갔다.

"되었다. 이렇게 하자. 이번에도 백 합을 받아 내 보거라. 그러면 네 뜻대로 해 주겠다."

안호석의 말에 철무한이 끙 하고 앓는 소리를 냈다.

그러나 어쩔 수 없다는 얼굴로 구룡도를 뽑아 드는 그였다.

이것도 안호석이 많이 양보한 것이라는 사실을 알기 때문이었다.

이윽고 불빛을 받으며 도신에 새겨진 아홉 마리의 용이 완전한 형체를 드러내는 순간, 그것을 알아본 남궁진우가 눈을 동그랗게 떴다.

"구, 구룡도? 그것을 어찌 네가……."

창룡검대가 동요한 탓에 약간의 소음이 일었다.

그러나 이미 안호석에게 오롯이 집중한 철무한은 그들을 돌아보지도 않고 정면만을 응시했다.

그리고 도를 움직이기도 전에 마지막으로 입을 열어 목

소리를 냈다.

"숙부님, 그런데 말입니다."

"뭐냐?"

"그 혁련 동생이란 호칭 말입니다. 혁련 숙부님께서 들으시면 칼부터 뽑고 볼 것 같아서 말입니다."

철무한의 말에 안호석이 픽 웃으며 고개를 저었다.

잠시지만 시선이 흩어졌다.

그 순간을 놓치지 않은 철무한이 땅을 쿡 찍었다.

선이 그어지듯 쭉 늘어나는 철무한의 신형에 악노삼이 기겁을 하며 소리를 높였다.

"교, 교주님!"

쾅!

매가 사냥하는 모습을 본뜬 응조공은 생각보다 신중한 움직임을 보인다.

사나울 거라는 일반적인 예상과는 달리 거리를 벌리며 함부로 손을 뻗지 않는다.

충분히 기회를 엿보다가 한 번에 사냥감을 낚아채는 것이 매의 사냥법이기 때문이다.

하여 응조공을 사용하는 악노이의 움직임은 매우 신중했다.

그리고 소극적인 움직임을 보이는 것은 명진 역시 마찬가지였다.

상대가 상대이니만큼 날을 세우기보다는 태극검법 본래의 묘리에 충실한 것이다.

부드러운 검과 함부로 다가서지 않고 기회를 보는 움직임.

자연스레 지루한 공방이 이어지는 것처럼 보였지만, 악노이를 상대하는 명진에 얼굴에는 곤혹스러움이 자리했다.

겉으로 보이는 것과 달리 그에게는 살벌한 전개의 연속이었다.

함부로 검기를 세우지 못하는 명진과 달리 악노이의 기공은 항시 그를 위협하고 있었기 때문이다.

자연스레 뒷걸음질 치는 횟수가 많아질 수밖에 없었다.

세월의 무게는 쉽게 좁혀지는 것이 아니었기 때문이다.

그리고 그것을 증명하는 데에는 오랜 시간이 걸리지 않았다.

빙글빙글 돌며 상대하는 악노이의 움직임에 한순간 명진의 검이 흐트러진 것이다.

악노이는 그 틈을 놓치지 않고 단번에 거리를 좁히며 태극을 뚫어 버렸다.

"흡!"

자신의 태극을 뚫고 들어오는 악노이의 주먹에 명진이 급하게 숨을 들이켰다.

그리고는 본능적으로 몸을 틀어 보지만 악노이의 주먹이 한발 더 빠르게 움직이며 그의 어깨를 스치고 지나갔다.

단순히 스치기만 한 것에 불과했지만, 기공이 담긴 악노이의 주먹에는 어지간한 보검보다도 날카로운 예기가 담겨 있는 탓에 명진의 어깨에서 단번에 팟 하고 핏물이 튀어 올랐다.

어깨부터 시작해서 후끈한 통증이 일었다.

저도 모르게 입이 벌어지려는 것을 이를 악물어 참아 냈다.

"큭!"

그리고 명진은 뒤로 물러서기보다는 검을 휘두르는 것을 선택했다.

그것이 정답이었다.

이어지는 이격으로 명진의 숨통을 낚아채려던 악노이가 멈칫하며 뒷걸음질 쳤다.

어깨뿐만 아니라 군데군데 피를 줄줄 흘리면서도 여전히 자신을 주시하고 있는 명진의 모습에 악노이의 눈빛이 한층 깊어졌다.

"판단력도 좋고."

간혹 경험이 부족한 면을 보이긴 했지만 전체적으로 무엇 하나 빠지는 것이 없는 모습이었다.

악노이가 마음을 확고하게 정했다.

'정말로 죽여야겠군.'

훗날이 기대되긴 했지만 그것은 결국 패천성에 대한 위협으로 작용할 터.

삭초제근이 괜히 있는 말이 아니었다.

화근이 될 소지가 있는 것은 기회가 있을 때 미리 제거하는 것이 좋았다.

악노이가 이전처럼 보법을 밟으며 명진의 주위를 빙글빙글 돌았다.

그리고 당연하다는 듯이 명진의 검 끝이 악노이의 신형을 따라갔다.

그러나 이전과 비교하면 어딘가 미묘하게 균형이 무너진 듯한 모습이었다.

아무래도 어깨를 다친 여파일 터.

이전과는 달리 허술한 모습을 보이는 명진의 자세에 악노이의 손끝이 본능적으로 움찔움찔했다.

'아니지. 아니야.'

악노이가 저절로 움직이려는 양손을 억지로 내리눌렀다.

앳된 외모와 달리 상대는 검기를 쓰는 고수였다.

단 한 번의 위협이라도 치명적으로 작용할 소지가 컸다.

그렇게 다시금 마음을 다잡은 그는 이전처럼 가볍게 손을 내저으며 명진을 툭툭 건드렸다.

자연스레 뒤따르는 명진의 검.

또다시 지루한 공방의 반복인 것처럼 보였지만 그 내용은 확연히 달라졌다.

악노이의 손길이 뻗어 나올 때마다 제깍 반응하던 이전과 달리 어딘가 모르게 굼뜬 움직임을 보이는 명진의 검.

한 박자씩 느린 검이 악노이의 손길을 제대로 받아 내지 못하자 명진이 버티지 못하고 뒤로 밀려났다.

'제길!'

명진이 이를 악물었다.

그러나 악노이는 여전히 같은 얼굴로 전혀 급할 것이 없다는 표정이었다.

조금 시간이 걸리긴 하겠지만 결국 무너지는 것은 자신이 아니라 명진이었으니까.

악노이의 예상대로 시간이 지날수록 명진의 검이 급격히 무너지기 시작했다.

그리고 그 순간 악노이가 눈을 번뜩였다.

매의 발톱이 태극의 방어막을 순식간에 헤집고 들어갔다.

"어?"

명진이 처음으로 당황한 얼굴을 하는 사이, 악노이의 주먹이 명진의 다친 왼쪽 어깨를 강하게 후려쳤다.

퍽!

"윽!"

명진의 신형이 크게 휘청거렸다.

이전과는 차원이 다른 고통에 눈앞이 아찔해지는 느낌이었다.

이번에는 차마 검을 휘두를 생각도 하지 못한 채 정신없이 뒤로 물러섰다.

그리고 그 순간이 바로 악노이가 끈질기게 기다렸던 순간이었다.

'지금!'

악노이가 눈을 번뜩이며 진각을 밟았다.

쿵!

묵직한 소리와 함께 악노이의 신형이 쭉 선을 그으며 폭발적으로 다가왔다.

제법 움직이는 법을 익힌 명진으로서도 따라가기 버거울 정도로 엄청난 속도였다.

매가 먹잇감을 낚아챌 때의 바로 그 움직임이었다.

"죽어!"

악노이가 마지막이라도 된다는 듯이 버럭 소리를 높이는 순간.

비틀거리던 명진이 한순간 푹 꺼지듯 자세를 낮추며 검을 횡으로 그었다.

이전과는 달리 푸르스름한 검기를 머금은 위협적인 반격이었다.

"응?"

악노이의 눈이 조금 커졌지만 예상치 못했던 일은 아니었다.

오히려 반갑게까지 느껴졌다.

결국 검기까지 뽑아냈다는 것은 더 이상 명진에게 여력이 남아 있지 않다는 증거였기 때문이다.

"흥! 이 정도는!"

악노이가 코웃음을 치며 주먹의 궤적을 틀었다.

명진의 검이 휘청거리며 무너져 내리려 했다.

그리고 단숨에 명진의 숨통을 끊어 내리는 자신의 주먹.

그 모습에 이제 마지막이라는 생각을 하며 악노이의 입꼬리가 조금 치켜 올라가는 순간.

명진의 검의 궤적이 묘하게 달라졌다.

거센 바람에 휩쓸려 힘없이 떨어지는 나뭇잎처럼 나풀거리며 바닥으로 향하던 명진의 검이 부드럽게 회전하며 악노이의 주먹을 타고 올랐다.

악노이가 이전과는 다른 의미로 눈을 동그랗게 떴다.

"어?"

촤악!

가슴이 쩍 벌어지며 팟 하고 튀어 오르는 피.

제 가슴에 길게 남은 자상과 미처 피하지도 못하고 고스란히 제 피를 뒤집어쓴 명진을 번갈아 쳐다보던 악노이가 고개를 절레절레 저었다.

"어이가 없군. 힘을 남겨 뒀었나?"

"원래 삼 할의 힘은 남겨 두는 곳이 강호라고 배웠습니다."

"그렇지. 그게 강호지. 삼 할의 힘은 남겨 둬야지."

명진의 대꾸에 픽 하며 웃음을 흘리는 악노이.

하나 이내 힘이 빠진 듯 비틀거리더니 그 자리에 털썩 주저앉았다.

"컥……."

한꺼번에 몰려드는 고통에 식은땀을 줄줄 흘리며 가쁜 숨을 몰아쉬던 그가 조금 시간을 보낸 후 간신히 호흡을 정리하며 명진을 올려다봤다.

"죽여라."

그것이 당연한 수순이라 생각했다.

그러나 이어진 명진의 행동은 악노이의 예상을 깨 버렸다.

"늦지 않게 치료하면 죽지 않을 겁니다."

"뭐?"

악노이가 움찔하며 눈을 동그랗게 떴다. 그러나 작은 움직임만으로도 가슴에서 시작된 고통이 온몸을 강타한 탓에 말을 이을 수는 없었다.

"으윽……."

하얗게 질린 얼굴로 숨을 몰아쉬던 악노이가 간신히 고통을 가라앉히며 다시금 명진을 쳐다봤다.

"그러니까 지금……."

멀뚱멀뚱 내려다보는 명진을 보며 악노이가 이해가 가지 않는다는 얼굴을 했다.

"나는 너를 죽이려 했다."

"저도 아저씨를 죽이려 했습니다."

"그렇지. 그런데 왜 이제 와서?"

"죽이지 않고 결론이 나지 않았습니까? 더 검을 쓸 이유가 없을 것 같습니다."

"허……."

명진의 대꾸에 악노이가 헛웃음을 흘렸다. 그리고는 저도 모르게 고개를 절레절레 저었다.

"어이가 없군. 정말 어이가 없어. 아직 어려서 그런가?"

그러나 그의 말은 허공을 맴돌 뿐, 들어주는 이는 아무도 없었다.

어느새 몸을 날린 명진이 저 멀리 사라지고 있었던 게다.

악노이와의 전투로 온몸이 욱신거렸고 간혹 화끈한 통증이 일기도 했지만, 명진은 이를 악물고 버텼다. 지체할 시간이 없었기 때문이다.

봉마곡에서 수련하며 제법 실력이 많이 올라온 철무한이었지만 아직 부족하다 여겼다. 게다가 이미 끝을 보기로 마음먹은 안호석이었으니 혁련휘 때처럼 양보를 기대하기도 어려웠다.

그것이 멀어지는 나직한 목소리에 더 이상 관심을 주지 않은 채 명진이 다급하게 걸음을 옮기는 이유였다.

"이쪽인가?"

철무한이 향한 방향.

조금씩 시간이 지날수록 그의 흔적을 찾기가 어려웠지만 신경을 쓸 필요가 없었다. 굳이 철무한의 흔적이 아니라도 명진을 인도할 흔적은 많았기 때문이다.

신응교의 무사들이 한 번에 몰려가며 뚜렷하게 남긴 흔적이 그가 가야 할 곳을 확실하게 알려 주고 있었다.

그리고 그 흔적을 되짚은 명진은 오래지 않아 협곡의 입구에 도달할 수 있었다.

그러나 정작 협곡의 입구에 도착하자 이제껏 거침이 없던 명진의 발걸음이 조금씩 느려졌다.

그리고는 기어이 걸음을 멈추며 고개를 갸웃거렸다.

"어째 소리가……."

큰 싸움, 아니 규모가 작은 싸움이 벌어져도 응당 뒤따라야 할 소음이 들려오지 않았던 것이다.

시꺼먼 어둠에 휩싸인 협곡의 안쪽은 그저 고요하기만
할 따름이었다.

"여기가 아닌가? 그럴 리가 없는데⋯⋯."

명진이 다시 한 번 확인이라도 하듯 주위를 돌아봤다.

신응교의 무리들이 남긴 뚜렷한 흔적은 분명 협곡을 향
하고 있었다.

가늘게 눈을 뜨고 한동안 협곡을 살피던 명진은 오래지
않아 조심조심 걸음을 옮기기 시작했다.

긴장이 가득한 걸음걸이.

한동안 발끝을 세운 채 기척을 죽이며 살금살금 움직이
던 명진은 이내 확 하고 시야가 넓어지는 느낌에 주춤하며
걸음을 멈췄다.

그리고는 저도 모르게 입을 쩍 벌리고 말았다.

"이, 이게⋯⋯!"

동이 트려면 얼마 남지 않은 시간.

한 치 앞도 분간하기 어려울 정도의 칠흑 같은 어둠이 기
승을 부리며 사방을 잠식하고 있는 그 때.

침상에서 고이 잠들어 있던 진산이 두 눈을 번쩍 떴다.

방금 전 잠에서 깨어났음에도 그의 눈은 밤새 잠을 자지 않은 듯 또렷하게 초점을 잡고 있었다.

"으음……."

가장 위험한 시간이 되면 의도하지 않아도 저절로 떠지는 두 눈.

백룡대를 이끌고 전장을 누볐던 젊은 시절의 기억이 여전히 그의 신체를 지배하고 있는 탓이었다.

가끔은 도움이 되기도 했지만 때와 장소를 가리지 않는 터라 지금처럼 피곤하게 느껴질 때도 있었다.

'아직 시간이…….'

소리 없이 하품을 하던 진산은 힐끔 창밖을 내다보고는 입맛을 쩝쩝 다셨다.

철자강과의 협상은 잘 마쳤으니 급한 일은 끝마쳤다고 생각했다.

홍소천 등이 창룡을 구해 보려 부산하게 움직이고 있었으나, 그것은 이제 자신의 일이 아니었다.

패천성이 제대로 함정을 판 상황에서 그들을 구해 내기는 어려울 터. 오히려 그들을 구하러 간 홍소천 등이 타격을 입었으면 하는 바람도 있었다.

그렇다면 자신이 원하는 것을 얻어 정무맹으로 귀환하는 시간이 좀 더 빨라질 테니까.

절로 마음이 느긋해졌다.

'모처럼 게으름이나 좀 피워 볼까?

절강에 들어온 이후로는 긴장을 잔뜩 유지한 채 노숙을 전전했다 보니 제대로 된 잠자리를 갖는 것은 정말이지 간만이었다.

이대로 놓치기는 아쉽다는 생각이 들었다.

또렷했던 눈빛은 흐늘흐늘 녹아 버렸는지 온데간데없이 사라졌고, 어느새 몽롱하게 풀어진 눈으로 다시 눈을 감으려 했다.

그러나 진산은 제 뜻을 이루지 못한 채 다시 눈빛을 또렷하게 밝혀야만 했다.

쩡!

일자로 세운 진산의 검지에 걸쳐진 칠흑같이 어두운 검신. 조금의 빛도 뿜어내지 않는 자그마한 단검이었다.

만약 눈을 감는 것이 조금만 빨랐다면, 목이 꿰뚫렸을 터.

저도 모르게 식은땀을 주르륵 흘리던 진산이 한순간 버럭 소리를 높였다.

"웬 놈이냐!"

그리고 그 순간 진산의 귓가로 작은 기척 몇 개가 스쳐 지나갔다.

허공에서 뚝 떨어져 내리는 시커먼 덩어리들.

진산이 반사적으로 두툼한 이불을 걷어찼다.

펄럭!

푹! 푹!

나부끼는 이불 위로 몇몇 개의 단검이 사정없이 내리꽂혔다.

그러나 원하던 느낌은 찾을 수가 없었는지 발끝부터 정수리까지 흑의로 두른 인영 하나가 고개를 갸웃거리는 순간.

두툼한 무언가가 자신의 얼굴을 턱 하고 감싸더니 시야를 완전히 감싸 버렸다.

"어?"

그리고는 강한 힘에 이끌려 자신의 의도와는 상관없이 휙 하고 끌려갔다.

콰직!

흑의인영이 부딪히며 문짝이 완전히 박살이 났다. 그 순간 새하얀 검광이 그의 몸 위로 무수히 쏟아졌다.

서걱! 서걱!

흑의인영은 예상치 못한 난도질에 비명도 지르지 못한 채 명을 달리했다.

"어?"

"이, 이런!"

그리고 자신들이 원하던 목표물이 아님을 뒤늦게 알아챈 흑의인영들이 당황으로 가득한 음성을 토해 내는 순간.

푹! 푹!

"어?"

"이, 이거……"

서로의 머리에서 또르르 흘러내리는 한 줄기 핏물에 미처 반응할 틈도 없이 풀썩풀썩 무너져 내렸다.

그리고 그 뒤를 이어 척추까지 뽑혀 나온 흑의인영 둘의 머리를 움켜쥔 진산이 드디어 모습을 드러냈다.

"독한 놈들!"

생으로 머리를 뽑아냈다. 그런데도 놈들은 비명조차 지르지 않았다.

그 지독함에 진산이 이를 가는 순간.

주위에서 병장기 소리와 온갖 욕설이 난무하며 소음이 일더니, 확 하고 불길이 일며 사방을 환하게 밝혔다.

"약은 수를!"

진산이 양손에 쥔 머리통을 재빠르게 내던지며 반사적으로 눈을 가렸다.

그리고는 잔뜩 긴장한 채 자세를 잡아 보지만 예상했던 공세는 뒤따르지 않았다.

고개를 갸웃거리던 진산은 이제 어느 정도 두 눈이 적응했다는 생각이 들 때, 조심스레 손을 내렸다.

그리고 잔뜩 긴장한 진산의 얼굴을 확인한 한 사람이 히죽 웃으며 입을 열었다.

"저 봐. 실수 몇으로는 턱도 없다니까."

음양이로 중 하나, 양노였다.

양노의 목소리에 음노가 끙 하고 앓는 소리를 냈다.

입을 다무는 음노를 확인한 양노는 픽 웃으며 앞으로 나서기 시작했다.

저잣거리의 무뢰배들처럼 손 관절을 뚝뚝 꺾는 모습이 경박스럽게 느껴졌다.

그러나 진산은 여전히 긴장한 얼굴로 음양이로를 번갈아 쳐다봤다.

"대체 당신들은……."

언뜻 보기에도 만만치 않아 보이는 늙은이였다.

본능적으로 몸에 힘이 잔뜩 들어갔다.

그러나 그것이 독이라는 것을 누구보다도 잘 아는 진산이었다.

가볍게 호흡을 조절하며 억지로 긴장을 떨쳐 낸 그는 앞으로 나선 양노를 쳐다보며 다시 입을 열었다.

"본인은 정무맹의 진산이오. 어디서 오신 고인들이시오?"

제법 격식을 갖춘 정중한 음성이었다.

그러나 양노의 얼굴에는 여전히 비웃음이 가득했다.

"되도 않는 수 쓰지 마. 네놈이 정무맹주라는 건 다 알고 왔으니까."

적이라는 것을 확실히 알 수 있었다.

진산이 말투를 바꾸며 눈썹을 꿈틀거렸다.

"그걸 알고도? 뒷감당할 자신은 있고?"

그러나 양노는 여전히 여유를 잃지 않는 얼굴이었다.

"뒷감당? 그게 왜 필요하지? 넌 오늘 죽을 텐데."

"그거야 봐야 아는 것이고. 설사 내가 죽는다 하더라도 정무맹이 가만있지 않을 것이다. 그것을 감당할 수 있겠나?"

"그러니까 그걸 내가 왜 감당해야 하지?"

"정무맹은 그렇게 만만한 곳이 아니다. 내가 여기서 죽는다면 네놈들을 반드시 찾아내서……."

"그러니까 걔들이 왜 날 찾느냐 이 말이야. 여긴 절강이야. 패천성의 영역인 절강. 그런 쓸데없는 짓을 할 것 같아?"

양노의 말에 진산이 흠칫 몸을 떨었다.

그리고 비로소 잘 짜인 함정이라는 것을 알아볼 수 있었다.

"서, 설마…… 네놈들이 노리는 것은……!"

진산이 당황한 모습을 보이자 양노가 만족스럽다는 얼굴로 고개를 끄덕였다. 그러나 음노가 손을 들어 제지하는 탓에 더 이상 입을 열 수는 없었다.

"그만. 거기까지."

양노가 불만스런 얼굴로 음노를 돌아보며 투덜거렸다.

"어차피 죽을 놈인데……."

음노는 다시 한 번 고개를 저었다.

그리고는 양노에게만 들릴 정도의 작은 목소리로 입을 열었다.

"만에 하나라는 것이 있지. 그걸 못 해서 그 어린놈한테 깨지는 것도 이젠 신물이 나고."

양노가 끙 하고 앓는 소리를 내더니 결국은 입을 다물고 말았다.

그러나 진산을 쳐다보는 눈초리는 한결 사나워졌다.

그리고 덩달아 진산의 얼굴이 무거워졌다.

'득보다 실이 많겠구나. 이럴 줄 알았으면 홍소천을 따라나서는 것인데……'

창룡검대를 구해야 한다며 같이 가자던 홍소천의 청을 냉정하게 거절한 것이 뒤늦게 후회됐다.

어차피 도울 마음은 없었지만 따라나서서 돕는 시늉이라도 했다면 반토막이 난 전력으로 적을 맞이할 일은 없었을 터.

'다른 이들은?'

진산이 음양이로의 눈길을 살피며 주위를 살폈다.

자신의 거처를 지키던 백룡대의 몇몇 무사들은 이미 싸늘하게 식은 채 아무렇게나 널브러져 있었고, 병장기 부딪치는 소리와 함께 시끄럽게 울려 퍼지던 고성들도 어느새 잠잠해져 가고 있었다.

생각보다 심각한 상황이라는 것을 어렵지 않게 알아챈 진산이 눈살을 찌푸리는 순간.

무언가 희멀건 덩어리가 휙 하고 날아왔다.

"잔재주를!"

본능적으로 손을 떨쳐 시야를 가리려는 장애물을 치우려던 진산.

하나 빛을 받아 반짝이는 동글동글한 무언가에 화들짝 놀라며 손을 거뒀다.

쿵!

"쿠, 쿨럭! 쿨럭!"

"모, 목영 대사!"

목영이 아무렇게나 땅바닥을 구르며 피를 뿜었다.

진산이 목영을 살피려 몸을 움직이기도 전에 희멀건 물체 두엇이 더 떨어져 내렸다.

쿵! 쿵!

"저, 정현 사태! 이청강 장로!"

자신의 곁에 남아있던 정무맹의 장로들이 하나같이 처참한 몰골을 한 채 바닥을 굴렀다.

다행이라면 아직 숨이 끊어지지 않았다는 점이다.

그러나 진산은 고개를 저을 수밖에 없었다.

'이걸 다행이라고 할 수 있을까?'

정말 숨만 붙어 있는 수준이다. 얼핏 보기에도 당장 제대로

219

된 치료를 받지 못하면 금방이라도 숨이 끊어질 것처럼 보였
다.

난감한 얼굴을 하는 진산을 물끄러미 쳐다보던 양노는
얼굴을 찌푸린 채 담장 위에 올라서서 팔짱을 낀 채 아래를
내려다보고 있는 담재선에게 시선을 돌렸다.

"저 자식은 재미 좀 볼라니까 그걸 또……"

양노가 완전히 기가 꺾여 버린 진산을 쳐다보며 쯧 하고
혀를 찼다.

그러나 딱 거기까지였다.

정무맹의 장로 셋을 순식간에 꺾어 버린 담재선에게 덤
빌 생각은 눈곱만큼도 존재하지 않았다.

그저 못마땅하다는 눈으로 쳐다보는 것이 다였다.

그 때 음노가 양노의 어깨를 툭 치고 앞으로 나섰다.

"그만하고."

음노가 진산을 노려봤다.

"빨리 정리하지."

양노가 고개를 끄덕였다. 흥이 식은 탓에 빨리 정리하고
돌아가고 싶은 마음이 앞서기 시작했다.

그러나 양노의 생각은 이번에도 이루어지지 못했다.

싸늘한 눈으로 진산을 내려다보던 담재선이 흠칫 몸을
떨며 시선을 들었다.

그리고 담재선이 시선을 들기 무섭게 정체 모를 덩어리를

단 인영 하나가 무서운 속도로 다가오더니 단번에 담장을 넘어 장내로 들어섰다.

음양이로가 눈을 동그랗게 떴다.

"어! 넌?"

"네, 네놈! 네놈이 어떻게……!"

그런 두 사람을 향해 손을 흔들며 히죽 웃는 한 사람.

"할배들, 안녕?"

모용기였다.

"네, 네가 어떻게……."

뒤늦게 모용기를 알아본 진산이 복잡한 얼굴을 했다.

모용기가 쯧 하고 혀를 찼다.

"그러게 욕심 좀 작작 부리지."

"응? 그게 무슨……."

어리둥절한 얼굴을 하던 진산이 한순간 얼굴을 시뻘겋게 붉혔다.

부끄럽기도 하고 화가 나기도 하는 듯 다양한 감정이 담긴 얼굴이었다.

그러나 부정할 수 없었는지 차마 입을 열지는 못했다.

그런 그를 대신해 존재감을 보인 이가 있었으니.

툭.

담장 위에서 떨어져 내리는 담재선이었다.

담재선이 이를 갈며 모용기를 노려봤다.

"내 딸은 어디 있나?"

"어?"

이 아저씨가 왜 이러나 하는 심정이 가득 담긴 얼굴로 시선을 돌리던 모용기는 이내 눈빛을 반짝이며 히죽 웃음을 보였다.

"그건 알 것 없고, 아저씨는 일단 빠지는 게 좋지 않을까? 딸내미가 걱정된다면 말이야."

"네 이놈!"

담재선을 중심으로 원을 그리듯 기파가 훅 퍼져 나갔다.

확 하고 치솟아 오르며 시야를 가리려던 흙먼지를 소매를 내젖는 것만으로 가볍게 해결한 모용기.

직후 여전히 웃음기가 가득한 얼굴로 다시금 말을 이었다.

"그러다가 딸내미 진짜 죽어. 그러니까 빠져."

"이런 개 같은! 네놈이 진정 죽고 싶은 모양이로구나!"

담재선이 버럭 소리를 지르더니 바닥을 툭 찼다.

쭉 선을 그으며 순식간에 거리를 좁히는 담재선의 신형에 모용기가 당황한 기색을 내비쳤다.

"어? 자, 잠깐!"

급하게 검을 들어 막아 보려 했지만 담재선의 행동이 조금 더 빨랐다.

혹 하고 몰아치는 강력한 한기가 모용기의 검을 직격했다.

쾅!

"윽!"

두 갈래 긴 선을 남기며 주르륵 밀려나는 모용기.

그가 양미간을 좁히며 검과 담재선을 번갈아 쳐다봤다.

단순히 차갑기만 한 것이 아닌, 그 무엇보다도 강한 힘이 담긴 일장.

눈앞의 남자는 진심으로 싸우고자 덤비고 있었다.

"이 아저씨가 진짜! 갑자기…… 어?"

와락 얼굴을 구기며 담재선을 노려보던 모용기가 한순간 기겁을 하며 바닥을 콕 찍었다.

모용기가 푹 꺼지듯 사라진 자리로 뒤늦게 강력한 한기가 쏟아졌다.

쾅!

담장 위로 자리를 옮긴 모용기가 자욱하게 피어오르는 흙먼지 너머로 담재선을 노려봤다.

이제는 모용기 역시 화를 참기가 어려운지 차갑게 얼굴을 굳혔다.

"아저씨, 빠지라는 내 말 안 들려? 진짜 딸내미 죽는 꼴 보고 싶어? 수틀리면…… 어? 자, 잠깐!"

말을 하다 말고 당황해 소리치는 모용기였다.

그도 그럴 것이 흙먼지를 뚫고 쏘아져 오는 담재선의 양손에 언뜻 보기에도 시리도록 차가워 보이는 새하얀 기운이 맺혀 있었던 것이다.

이전보다 더 강렬한 기운이었다.

더는 버텨 내지 못하겠는지 모용기의 검에서도 선명한 검기가 쑥 치솟아 올랐다.

"말 좀 하자고! 말 좀!"

모용기가 신경질적인 얼굴로 망치처럼 검을 내리꽂았다.

쾅!

그러나 더 강한 힘을 지닌 건 추진력을 얻은 담재선의 일장이었다.

"큭!"

강한 반탄력을 느낀 모용기가 저도 모르게 입을 벌리며 이번에도 뒤로 쭉 밀려났다.

그리고 담재선은 애써 잡은 선기를 놓치지 않겠다는 듯, 담장을 가볍게 디뎌 허공을 가르며 주르륵 밀려나는 모용기를 향해 휙 몸을 날렸다.

참룡
회귀록

斬龍
回歸
錄

斬龍回歸錄

참룡
회귀록

55 章.

쾅! 쾅! 쾅!

멀리서 폭음이 쉬지 않고 터져 나왔다.

그 소리에 귀를 기울이던 양노가 음노를 돌아보며 말했
다.

"가 봐야 하지 않겠나?"

담재선의 실력을 못 믿는 것은 아니었다. 그보다는 제 목
숨보다 딸을 더 아끼는 그의 성정을 믿을 수 없었던 게다.

그러나 음노는 얼떨떨한 얼굴을 하고 있는 진산을 쳐다
보며 수염을 쓰다듬을 뿐이었다.

"글쎄……."

고독이란 것은 그렇게 호락호락한 것이 아니었다.

담재선이 저들에게 가담해서 제 딸을 찾는다 해도 결국에는 해약이 필요할 터.

그렇기에 담재선은 벗어나지 못할 것이었다.

제아무리 높으신 분이 뒤를 봐준다고 해도 한 번 배신한 인간을 다시 받아 줄 만큼 너그러운 곳이 아니라는 것은 그역시 잘 알고 있을 사실일 테니까.

"일단 이쪽부터 해결하세."

고개를 젓는 음노를 보며 한 박자 느리게 같은 것을 생각한 양노가 쩝 하고 입맛을 다셨다.

그러나 여전히 그의 시선은 폭음이 들려오는 담장 너머를 향해 있었다.

무척이나 아쉽다는 얼굴을 한 채.

"그 어린 녀석에게는 갚아 줄 것이 있는데……."

"제 딸을 찾으려면 죽이지는 않을 게야. 그보다."

음노가 이제는 정신이 들었는지 날을 세우고 있는 진산을 향해 턱짓을 했다.

"일단은 저것이 먼저야."

자신을 가벼이 여기는 듯한 말투에 진산이 눈썹을 꿈틀했다.

정신없이 몰아치는 상황에 한동안 잠잠했던 살기가 다시치솟아 올랐다.

그러나 양노는 오히려 재미있다는 얼굴로 잽싸게 한 걸

음 나섰다.

"저건 내가 하지."

"그러지 말고 같이하세."

고개를 저으며 자신과 어깨를 나란히 하는 음노를 보며 양노가 미간을 좁혔다.

"왜? 날 못 믿어서?"

"아니. 고작 진산 따위에 자네를 못 믿을 일이 있겠나?"

"그러면?"

"빨리 끝내고 시간이 남는다면 그 녀석도 잡도록 하지."

이어진 대답이 마음에 들었는지 흡족한 얼굴로 고개를 끄덕이는 양노였다.

반면 두 사람의 대화를 듣고 있던 진산의 살기는 점점 더 짙어져 갔다.

"그래도 강호의 선배인 것 같아서 대접 좀 해 주려 했더니, 그저 정신 나간 늙은이들이었군."

얼핏 보기에는 화가 난 것처럼 보여도 머리는 차갑게 유지하고 있는 그였다.

조금 전 말도 두 사람을 도발하기 위함이었다.

그러나 양노는 가소롭다는 얼굴이었다.

"쓸데없이…… 그냥 덤비면 될 일이지."

그리고는 이제는 딱딱하게 굳어진 얼굴의 진산을 향해 한 걸음 내딛으려는 순간.

촤악!

길게 흔적을 남기고 지나가는 도기에 멈칫하며 걸음을 멈췄다.

양노가 얼굴을 와락 구겼다.

"어떤 자식이⋯⋯!"

음노 역시 자연스레 양노의 시선을 따라갔다.

자신을 돌아보는 음양이로의 시선에 목을 우두둑 꺾으며 삐딱한 얼굴로 말하는 사내.

"이거 진짜 짜증나네? 난 보이지도 않는다 이거지?"

패천성의 흑호대주 사영명이었다.

"이 새끼가⋯⋯!"

손을 뻗어 왈칵하려는 양노를 제지한 음노가 호기심이 가득한 눈으로 사영명을 쳐다봤다.

"넌 누구지?"

"알아서 뭐 하게? 다 죽어 가는 늙은이들이 말이야. 그냥 저 늙은이 말대로 싸우기나 하자고. 그러려고 온 거 아닌가?"

사영명의 눈동자가 붉은빛을 발하며 일렁거렸다. 맹수의 그것처럼 정제되지 않은 살기가 훅 뻗어 나왔다.

양노가 눈을 동그랗게 떴다.

"오호. 요놈 봐라?"

진산을 쳐다볼 때보다 더한 호기심이 담긴 눈이었다.

그리고는 이내 마음을 정했다는 듯 진산을 향해 턱짓을
했다.

"저 자식은 자네가 처리해. 난 저 어린놈과 좀 놀아 봐야
겠으니까."

음노가 후 하고 한숨을 내쉬었다.

그리고는 진산을 향해 신형을 돌리던 그가 한순간 양노
를 향해 손가락을 튕겨 냈다.

퉁 하는 소리와 함께 무섭게 다가오는 차가운 지풍에 양
노가 기겁을 하며 고개를 숙였다.

"이, 이 친구가 갑자기……!"

난데없는 행동에 눈알을 부라리며 음노에게 소리치는 양
노였으나, 끝까지 말을 이을 수는 없었다.

쾅!

그의 등 뒤에서 폭음이 들려온 탓이었다.

"응?"

강렬한 기파가 충돌한 흔적.

양노가 반사적으로 고개를 돌린 순간, 혹 하고 피어오른
흙먼지가 두 눈에 들어왔고.

이내 흙먼지가 걷히며 그 안에서 차가운 인상의 백의 사
내가 모습을 드러냈다.

"엥? 저건 또 뭐야?"

본 적 없는 얼굴에 양노가 고개를 갸웃거리는 그 때.

"백룡대주!"

"한이현, 이 자식!"

하나는 반가움이 가득한, 다른 하나는 적대감이 잔뜩 묻어난 목소리가 동시에 울려 퍼졌다.

반가움이 담긴 목소리는 진산의 것이었고, 적대감이 담긴 목소리는 사영명의 것이었다.

두 사람의 목소리에 어렵지 않게 의문을 풀어낼 수 있었으나, 뒤이어 찾아온 의문에 양노가 고개를 갸웃거렸다.

"어라? 저건 또 왜 아직까지 살아 있는 거야? 이 할망구는 대체 뭘 한 거야?"

"할망구라니? 이 빌어먹을 영감탱이가 죽고 싶어서 그러는 건가?"

양노의 말이 끝나기 무섭게 서늘하게 울려 퍼지는 목소리.

양노가 움찔하며 소리가 들려온 곳으로 시선을 돌렸다.

그의 시선이 닿은 곳은 담장 위.

그곳에는 여전히 아름답다는 말이 어울리는 중년미부가 표독스런 눈을 한 채 양노를 노려보고 있었다.

조금 전 들려왔던 날이 잔뜩 선 목소리처럼 여인의 표정엔 불쾌하다는 심사가 그대로 묻어났다.

그 모습에 머쓱한 얼굴을 할 뿐인 양노를 대신해 음노가 목소리를 냈다.

"저게 왜 아직도 살아 있는 거지? 혹시 또……."

두 눈을 가늘게 좁히며 그녀, 월향을 바라보는 음노.

그러자 이번에는 월향이 움찔하며 그의 시선을 피했다.

그것으로 음노는 확신할 수 있었다.

음노가 얼굴을 찌푸리며 말했다.

"이 상황에 꼭 그래야 했나? 때와 장소란 것이 있는데……."

하나 월향은 여전히 딴청을 부리며 그의 시선을 피할 따름이었다.

한숨을 푹 내쉰 음노는 고개를 절레절레 젓더니 이내 사영명과 한이건을 차례대로 턱짓하며 상황을 정리했다.

"저것들은 우리가 맡지. 월향 자네는……."

음노의 말이 끝나기도 전에 월향이 진산을 쳐다보며 얼굴을 찌푸렸다.

"늙은 것은 먹을 것도 없는데……."

마음에 들지 않는다는 듯한 월향의 눈빛과 말투.

그 모습에 진산이 울컥한 얼굴로 한마디 하려는데, 음양이로가 한순간 휙 몸을 날리며 사영명과 한이건에게 득달같이 달라붙었다.

쾅! 쾅!

강력한 기가 충돌하며 생긴 여파로 자잘한 돌무더기가 무수히 날아들었다.

소매를 휙 내젓는 것으로 그 여파를 정리한 진산은 한순간 화들짝 놀라며 몸을 뺐다.

그리고 그 공간을 가느다란 무언가가 희미한 빛을 뿜으며 무섭게 갈라냈다.

서걱!

공기를 가르는 소리가 그 무엇보다도 섬뜩하게 들려왔다.

저도 모르게 등이 축축하게 젖어 갔다.

월향의 손에 들린 낭창거리는 무언가를 유심히 쳐다보던 진산이 저도 모르게 신음성을 흘렸다.

"으음…… 연검?"

월향의 얼굴에 고혹적인 미소가 어렸다.

"아무리 봐도 내 취향은 아니야."

그 순간 월향의 손에 들린 채 낭창거리던 연검이 빳빳하게 고개를 치켜들었다.

"그냥 죽어!"

쾅!

담재선과 정신없이 손을 섞던 모용기가 멀리서 터져 나오는 폭음에 저도 모르게 고개를 돌렸다.

"응?"

담재선이 한 걸음 물러서며 입을 열었다.

"아직 다른 곳에 신경 쓸 정신이 있나 보지?"

"어차피 진심으로 싸울 생각도 아니잖아."

담재선이 미간을 좁혔다.

진심으로 죽일 생각은 아니었지만 그 못지않게 살기를 세웠다. 어지간해선 알아보지 못할 터였다.

그런데 그 부분을 모용기가 정확하게 짚어 낸 것이다.

"넌 대체 뭐냐?"

"그게 중요한 게 아니잖아. 그보다 날 왜 여기까지 끌어 낸 건데? 거리도 적당히 벌렸겠다, 할 말 있으면 빨리 하라고. 나 시간 없어."

"허……."

담재선이 저도 모르게 헛웃음을 흘렸다.

어이가 없는지 고개를 절레절레 젓는 담재선을 보며 모용기가 얼굴을 찡그렸다.

"할 말 없어? 그럼 난 간다. 나 진짜 바쁘다고."

그리고는 바닥을 콕 찍으려 하는데 담재선이 먼저 움직이며 모용기의 앞을 막아섰다.

"왜 또?"

모용기의 얼굴이 점점 짜증스레 변해 갔다.

그러나 담재선은 이제는 담담한 얼굴로 모용기의 등 뒤를 향해 턱짓을 했다.

"가라."

"어? 뭐라고?"

"가라고 했다. 이곳의 일에는 더 이상 신경 쓰지 말고 가라."

"어? 그러니까……."

잠깐 머리를 굴리는 것으로 담재선의 의도를 확연하게 읽을 수가 있었다.

그러나 모용기가 원하는 바는 아니었다.

모용기가 한숨을 푹 내쉬며 목소리를 냈다.

"아저씨, 그럴 거였으면 오지도 않았을 거라는 거 몰라서 하는 말이야?"

몰라서 하는 말이 아니었다.

담재선 역시 잘 알고 있는 사실이었다.

그러나 어떻게든 모용기를 떼어놓아야만 하는 담재선이었다.

"안다. 그러나 지금은 그냥 가라."

"그러니까 그럴 수가……."

담재선이 고개를 저으며 모용기의 말을 끊었다.

그리고는 저 멀리서 또다시 폭음이 터져 나오는 장원을 힐끔 돌아보고는 다시 입을 열었다.

"지금 들어가면 절대로 빠져나오지 못한다."

그러나 모용기는 비웃음 어린 얼굴로 대꾸했다.

"왜? 음양이로 때문에?"

음양이로란 말에 담재선이 의외라는 얼굴을 했다.

그러나 그것도 잠시, 이내 고개를 저었다.

"그들만이 아니다. 생각보다 많은 고수가 동원됐다. 절대로 빠져나오지 못해. 그건 나라도 마찬가지다."

담재선의 말에 모용기가 전투가 한창인 장원을 돌아봤다.

'또 누가 왔지?'

호기심이 가득한 얼굴이었다.

그리고 굳이 억누를 이유도 없었다.

모용기가 한 걸음 움직이려 하자 담재선이 얼굴을 찌푸리며 다시 모용기의 앞을 막아섰다.

"내 말을 이해하지 못하겠나? 지금은 움직일 때가……."

그러나 담재선은 끝까지 말을 잇지 못했다.

멀리서 쩌렁쩌렁하게 울려 퍼지는 소리.

"모용기 이놈!"

철자강을 필두로 패천성의 무사들이 무섭게 거리를 좁히고 있었다.

"으음……."

담재선이 저도 모르게 주춤거리며 신음성을 흘렸다.

모용기가 픽 웃으며 대꾸했다.

"아저씨가 가야 하지 않을까?"

그 말에 저 멀리서 다가오는 패천성의 무리와 모용기를

번갈아 쳐다보던 담재선이 모용기와 비슷하게 픽 웃음을
흘렸다.

"그렇군."

그리고는 자리를 벗어나려 뒷걸음질을 치려는 순간.

모용기가 쉿 하며 검을 뻗어 왔다.

쩡!

모용기의 검을 받아 낸 담재선이 미간을 찌푸렸다.

"뭐냐?"

"다른 게 아니고, 그냥 가면 저들이 의심할 것 같아서."

"응?"

담재선이 흠칫하며 눈을 동그랗게 떴다.

모용기가 히죽 웃으며 검을 비틀었다.

"가볍게 칼침 한 방만 맞자."

담재선이 얼굴을 와락 구겼다.

"제길……."

이제는 해가 모습을 완연히 드러낸 시각.

입 안이 까끌까끌한 느낌에 착잡한 눈으로 먼 하늘을 쳐
다보고 있던 하수란이 문득 제 품 안에서 뒤척이는 담설을
내려다봤다.

"으음……."

많이 야윈 것이 한눈에 보일 정도였는데도 이목구비는 뚜렷했다.

오뚝한 코에 과하지 않게 쌍꺼풀이 진 눈. 핏기 하나 없이 창백해진 얼굴은 오히려 도톰한 붉은 입술을 도드라지게 만들고 있었다.

남심을 꽤나 흔들어 놓을 것 같은 인상.

여인인 자신이 봐도 참 예쁘다는 생각이 들 정도였다.

그러나 이내 고개를 휘휘 저어 잡념을 털어 내는 그녀였다.

그보다는 다른 것이 더 궁금했기 때문이다.

당장이라도 깨워서 원하는 것을 얻어 내고 싶은 마음이 굴뚝같았으나, 애써 그 마음을 억누를 수밖에 없었다.

하수란이 입술을 꼭 깨물었다.

'내가 그놈이 무서워서 이러는 건 아니고…….'

순간 눈앞을 스쳐 지나가는 모용기의 장난스러운 얼굴.

그를 떠올리며 못마땅한 얼굴을 하던 하수란이 저도 모르게 한숨을 내쉬었다.

"하아……."

"무슨 한숨을 그렇게 쉬어? 땅 꺼지겠네, 땅 꺼지겠어."

"어?"

난데없이 들려온 음성에, 하수란이 움찔하며 담설을 제

품 안으로 끌어당기는 것과 동시에 뒤를 돌아봤다.

어느새 모습을 드러낸 모용기가 털레털레 걸음을 옮기며 다가와 담설을 살폈다.

"얘는 아직도 자? 별일은 없었고?"

"별일 있을 것이…… 그보다 어떻게 되었나? 성주님은?"

"지금쯤이면 다 끝났을걸? 정리 중일 거야."

"그게 아니라 성주님은 괜찮으시냐고 묻고 있지 않느 냐?"

하수란의 물음에 모용기가 새삼스럽다는 얼굴로 쳐다봤 다.

하수란이 떨떠름한 얼굴로 질문했다.

"왜 그렇게 쳐다보는 것이냐?"

"아니, 그렇잖아. 뒤통수 세게 때리려고 했던 주제에 할 말인가 싶어서. 그렇게 걱정되면 진작 잘하든가."

하수란이 흠칫하더니 이내 우울한 얼굴을 했다.

모용기가 픽 웃으며 고개를 저었다.

"뭐 괜찮을 거야. 패천성주라 그런지 따라나선 사람들도 장난이 아니던데? 그 일은 됐고, 얼른 가자. 무한이 놈도 찾 아봐야지. 급해서 보내긴 했는데 영 불안해서."

"무한이? 나도?"

"그럼 안 가려고 했어? 이참에 점수 좀 따. 그래야 신무문 을 되찾든 말든 하지. 장 형한테 계속 맡겨 둘 거야? 불안하지도 않아? 그 형 그거 지금은 문주가 된 지 얼마 안 돼서 눈치 보느라 잠잠한 거지, 조금만 시간이 지나면 마구 날뛰다가 신무문 말아먹는 것 정도는 일도 아닐걸? 그걸 그냥 보고만 있을 거야?"

하수란이 억울하다는 얼굴을 했다.

"신무문을 그 녀석에게 맡긴 것은 네놈이지 않더냐? 네놈이 그렇게 우겨서……."

"그럼 어떻게 해? 그렇게라도 하지 않았으면 아줌마나 아줌마 딸내미는 그냥 죽는 텐데. 아줌마도 무한이네 아버지 성격 알잖아? 그런 면에서는 칼 같은 거. 아줌마는 나한테 성질부릴 게 아니라 감사해야 한다고."

그 말에 하수란은 입을 다물 수밖에 없었다. 틀린 말이 아니었기 때문이다.

하수란이 조금 누그러진 얼굴로 다시 입을 열었다.

"그 일에 대해서는……."

"입바른 소리는 됐고. 진짜 고맙다고 생각하면 나중에 내 부탁이나 잘 들어줘."

"그거야 당연한……."

그 순간 모용기가 히죽 웃음을 보였다.

"진짜지? 분명 도와준다고 했다?"

"응?"

하수란이 저도 모르게 움찔 몸을 떨었다.

그러나 모용기는 더는 그녀에게 관심을 주지 않고 담설을 안아 들었다.

"웃차."

그리고는 담설이 깨지 않도록 조심스런 움직임으로 들썩들썩하더니 갑자기 미간을 좁히며 하수란을 돌아봤다.

"아줌마, 얘한테 뭐 이상한 짓 한 거 아니지? 어째 애가 더 가벼워진 것 같은데……."

하수란이 얼굴을 와락 구겼다.

"이 썩을 놈아! 내가 맡은 지 얼마나 됐다고!"

주위를 둘러보던 철자강이 미간을 좁혔다.

군데군데 혈흔이 낭자했고, 사방에서 신음 소리가 들려왔다.

짧은 시간이었지만 적의 강력함을 보여 주기에는 부족함이 없는 모습이었다.

"대체 누가 저런 것들을……."

철자강이 깊어진 눈으로 고개를 모로 틀었다.

그 때 철자강의 바로 앞에 주저앉아 끙끙거리고 있던 사영명이 시선을 들었다.

"이거 꼴이…… 죄송합니다."

철자강이 고개를 저었다.

"그럴 것 없다. 네 잘못이 아니다."

"하지만……."

철자강은 다시 한 번 고개를 저어 사영명의 말을 끊었다.

다른 이는 몰라도 철자강 자신은 음양이로를 알아볼 눈이 있었기 때문이다.

'그 노괴들이 무엇 때문에 지금에 와서…… 그보다 어째서 저들과 함께 있는 것이지?'

결국 같은 의문의 연장선이었다.

하나 제 머리로는 아무리 고민해 봐도 답이 나오지 않을 것이라는 사실은 어렵지 않게 알 수 있었다.

철자강이 고개를 휘휘 젓고는 진산에게로 걸음을 옮겼다.

정인훈이 심각한 부상을 입은 정무맹의 장로들을 살피는 모습을 한 걸음 뒤에서 지켜보고 있는 진산.

정작 가느다란 자상으로 온몸에 피칠갑을 한 그였으나, 제 몸에는 신경조차 쓰지 않고 있었다.

이내 자신의 곁으로 다가온 철자강의 기척을 느끼고는 시선을 틀었다.

"뭔가?"

"그건 내가 묻고 싶은 말이다. 대체 그것들은 뭔가?"

그러나 답을 모르는 것은 진산 역시 마찬가지였다.

하여 가만히 고개를 저을 뿐이었다.

그 모습에 철자강이 의아하다는 기색을 보이며 말을 이어 갔다.

"몰라? 그대가? 그런데 왜 저것들이 그대를……."

"그건 내가 묻고 싶은 말이네. 저것들은 대체 뭐지? 대체 왜 우릴 노린 것이지? 혹시 패천성에서……."

철자강을 쳐다보는 진산의 눈매가 가늘어졌다.

잔뜩 의심이 깃든 그의 눈빛에 철자강이 양미간을 좁혔다.

"만약 내가 저들과 움직였다면, 그대가 지금 두 다리로서 있지는 못하겠지."

"으음……."

진산이 저도 모르게 신음성을 흘렸다.

철자강의 말이 정확했기 때문이다.

"그럼 대체 뭔가? 그것들이 대체 누구길래 겁도 없이 우리 정무맹을……."

진산 역시 미간을 좁힌 채 머리를 쥐어짜는 모습이었다.

철자강이 한숨을 내쉬었다.

진산 역시 자신과 다를 바 없다는 것을 깨달았기 때문이다.

'그럼 이 문제는…….'

시간이 오래 걸릴 것 같았다.

제대로 된 조사가 필요할 터.

철자강이 버릇처럼 단정하게 가다듬은 수염으로 손을 가져갔다.

'아무래도 신무문을 움직여야 할 것 같은데……'

패천성 자체의 정보력만으로는 한계가 있었으니, 결국 신무문의 도움이 절실했다. 문제는 그들의 도움을 받기 위해서는 해결해야 할 부분이 남아 있다는 것이었다.

'……하수란을 복귀시켜야 하나?'

모용기에게 받은 것이 있어 그의 뜻대로 장용이란 녀석을 신무문주의 자리에 앉혔지만, 능력이 부족해도 한참이나 부족했다.

신무문주는 고사하고 어디 촌구석은 작은 문파 하나를 맡겨도 말아먹기 딱 좋을 녀석이었다. 하수란이 곁에 붙어 이것저것 처리하고는 있었지만 그것만으로는 부족했다.

'내키지는 않지만……'

달리 방법이 없다 여긴 그는 일단 성으로 돌아가면 그 부분부터 먼저 정리해야 할 듯싶었다.

그 때 정무맹의 장로들을 돌보고 있던 정인훈이 문득 입을 열었다.

"이거…… 무슨 놈의 한기가……"

얇게 신음성을 흘리며 정신을 차리지 못하는 이청강을 살피던 정인훈이 손을 멈춘 채 진산을 쳐다봤다.

"대체 누구요? 누가 이처럼 지독한 한기를 쓴단 말이요?"

그러나 진산은 대답이 없었다.

자신도 모르는 부분이었기 때문이다.

입을 다문 진산을 대신해 철자강이 질문했다.

"상세가 어떤가?"

"그게……."

정인훈이 난감하다는 얼굴로 이청강을 내려다봤다.

"글렀습니다. 저기 아미의 여승 역시 마찬가지입니다. 어떻게 숨은 붙여 둔다 해도 평생 무공과는 담을 쌓고 살아야 할 것입니다."

"으음……."

진산의 낯빛이 순식간에 어두워졌다.

할 말을 잃은 채 얇게 신음성을 흘리는 진산을 대신해 철자강이 다시 한 번 물음을 던졌다.

"저기 소림의 중은?"

"거긴 큰 문제가 없을 겁니다. 시간이 좀 걸리긴 하겠지만, 털고 일어나는 데 무리는 없을 겁니다. 그보다……."

정인훈이 시선을 들어 철자강을 쳐다봤다.

"왜 그러나?"

"그 녀석은 어떻게 된 겁니까?"

"그 녀석? 누구?"

"모용기란 녀석 말입니다. 잠깐 보이는 듯싶더니 어느 틈에 모습을 감춰 버려서는……"

정인훈의 말에 진산이 고개를 갸웃거리며 정인훈과 철자강을 번갈아 쳐다봤다.

"그러고 보니, 그대들이 어떻게 그 녀석을……"

그러나 철자강은 미처 대꾸를 할 틈이 없었다.

아차 하는 얼굴로 급하게 주위를 살폈지만, 정인훈의 말대로 모용기의 종적은 찾아볼 수 없었다.

철자강이 얼굴을 와락 구겼다.

"이런 빌어먹을 놈이……"

정인훈이 이를 가는 철자강을 힐끔 쳐다보고는 다시 장로들의 상세를 살피려 분주히 손을 놀렸다.

그리고는 지나가는 듯한 말투로 말을 툭 내던졌다.

"무언가를 알자면 그 녀석을 찾는 게 우선일 것 같습니다. 이곳으로 성주님을 이끈 것도 모두 그 녀석이니까요."

하수란이 느린 걸음으로 털레털레 걸음을 옮기는 모용기를 힐끔힐끔 쳐다봤다.

처음에는 모른 척했지만, 계속 쌓이는 시선에 더는 참지 못하게 된 모용기가 결국 입을 열었다.

"왜? 할 말이 뭔데?"

"그, 그게……"

기어이 원하는 반응을 얻어 냈음에도 하수란의 얼굴에는 망설임이 가득했다. 자신이 알아보고 싶은 것이 그만큼 껄끄러운 문제였기 때문이다.

'그냥 모른 체할까?'

짧은 시간 고민해 봤지만 그것은 정답이 아니었다.

가만히 호흡을 고르며 마음을 굳힌 하수란이 결국에는 자신의 의문을 풀어냈다.

"그러니까 혹시 그들이 내가 생각했던 그곳…… 맞느냐?"

온전하지 않은 물음이었지만 그 의미가 통하기에는 충분했다.

그러나 모용기는 모른 체 의뭉을 떨었다.

"그곳? 그게 뭔데?"

하수란이 모용기의 태도가 마음에 들지 않는다는 듯 얼굴을 찌푸렸다.

모용기의 뺀질뺀질한 모습에 무언가가 울컥 치솟아 오르려 했지만, 그것을 억지로 다시 집어삼킨 하수란은 침착한 얼굴로 다시 한 번 물음을 던졌다.

"그렇게 모른 체할 것이 아니라…… 어차피 한배를 탄 처지 아니냐? 그렇다면 아는 것을 나눠야 대비를 할 게 아니냐? 이 정도로 세력을 모을 수 있는 곳은……"

모용기가 얼굴을 찡그리며 하수란을 돌아봤다.

"아줌마."

"으응?"

"다 알면서 뭘 물어봐? 진짜 몰라서 물어보는 거야?"

모용기의 반응에 하수란이 헙 하고 입을 다물었다.

그리고는 조금 시간이 지나자 저도 모르게 얼굴이 착 가라앉았다.

자신이 아는 한도에서는 딱 한곳만이 떠올랐으나, 애써 자신의 예상이 틀리기를 바라고 있었던 것이었다.

그러나 모용기가 확실하게 못을 박자 더 이상 빠져나갈 곳이 없게 되었다.

하수란이 어두운 얼굴로 모용기를 쳐다봤다.

"그래서 모른 체하라고 했던 것이냐?"

"당연하지. 그거 괜히 건드려 봐야 감당도 안 돼. 일단은 그냥 내버려 둬. 그리고 버텨."

"일단은 그냥 내버려 두고 버틴다…… 그 후에는? 그 후에는 방법이 있고?"

"방법이 없으면? 다른 수는 있고? 그러니까 일단 내 말대로 해. 잘못 건드리면 진짜 다 죽어."

모용기의 말이 옳았다.

그게 최선이었다.

그러나 하수란은 여전히 걱정거리가 남아 있었다.

"성주님께서 가만히 계시지 않으실 텐데?"

모용기가 다시 하수란을 쳐다봤다.

"안 그래도, 그 부분은 부탁 좀 하려고. 성에 복귀하면 무한이네 아버지가 아줌마를 다시 찾을 텐데, 중간에서 시간 좀 끌어."

"시간을 끌어?"

언뜻 의미를 파악하지 못해 어리둥절한 얼굴을 하던 하수란이 이내 흠칫 몸을 떨었다.

"설마…… 성주님을 속이란 뜻이더냐?"

"그게 아니면? 방법이 있어? 다른 방법이 있으면 말해 봐. 적극 고려할 테니까."

그런 것이 있을 리가 없었다.

하수란이 한참이나 입을 다물었다.

더는 기다리기 어려웠던 모용기가 먼저 입을 열었다.

"그러니까 시간 좀 끌어. 그렇게 오래 걸리진 않을 거야."

하수란이 조금 희망을 품은 얼굴을 했다.

"그, 그런가? 그럼 얼마나……."

"글쎄? 한 십 년?"

하수란이 와락 얼굴을 구겼다.

"이, 이! 빌어먹을 놈아! 십 년이면 강산이 바뀔 시간이다! 그런데 뭐가 어쩌고 어째?"

"그 정도면 짧게 먹힌 거야. 아줌마도 생각해 봐. 상대가 누군지를."

이번에도 하수란은 입을 다물 수밖에 없었다.

모용기의 말이 맞았기 때문이다.

상대가 상대이니만큼 십 년은 그리 긴 시간이 아니었다.

그러나 어려운 문제인 것만큼은 변함이 없었다.

철자강이 호락호락한 인물이 아니라는 것은 자신이 가장 잘 알고 있었기 때문이다.

그를 상대로 십 년이나 버티려면 제법 많은 노력이 필요할 터였다.

하수란의 머리가 영활하게 굴러가기 시작했다.

그 때, 무언가를 느낀 듯 모용기의 고개가 휙 돌아갔다.

"응?"

그 모습에 생각을 정리하던 하수란이 고개를 갸웃거렸다.

"왜 그러나?"

"아 그, 그게……."

잠깐 하수란의 얼굴을 쳐다보며 짧게 고민하는 듯 보이던 모용기가 한순간 몸을 휙 던졌다.

"어? 자, 잠깐!"

하수란이 급하게 모용기의 뒤를 따랐다.

그러나 작정을 하고 움직이는 모용기를 따라잡는다는 것은 불가능한 일이었다.

"이, 이런!"

순식간에 멀어지는 모용기의 신형에 하수란이 난처한 얼굴을 하는 순간.

멀리 모용기의 신형이 우뚝 멈춰 섰다.

하수란이 안도의 한숨을 나직이 내쉬고는 급하게 몸을 날렸다.

모용기가 다시 움직일까 마음이 급해진 탓이었다.

그러나 다행스럽게도 모용기는 하수란이 다가갈 때까지도 그 자리에 우뚝 선 채 미동조차 보이지 않았다.

걸음을 늦춘 하수란이 고개를 갸웃거리며 모용기에게 다가섰다.

"왜 그러느냐?"

"어? 그게…… 어디서 많이 본 얼굴인 것 같은데 기억이 안 나서……."

"본 얼굴? 누구를?"

모용기의 어깨 너머로 고개를 쏙 내민 하수란은 피투성이가 되어 바닥에 쓰러진 채 정신을 잃은 듯 보이는 이의 얼굴을 유심히 쳐다봤다.

그러나 오랜 시간이 지나지 않아 하수란이 눈을 동그랗게 떴다.

"아, 악노삼? 이 녀석이 왜 여기에……!"

❖ ❖ ❖

입구가 좁은 항아리 형태의 이름 모를 협곡.

그 내부를 휙 둘러보는 것만으로도 상황을 어느 정도는 짐작할 수 있었던 하수란이 암담한 얼굴을 했다.

"저, 정말 관인 것이야? 관이 강호를 적대시한다고?"

믿을 수가 없다는 얼굴이었다. 그러나 믿지 않을 도리도 없었다.

아무렇게나 널브러져 있는 몇몇 구의 시신들.

거기에는 관에서나 쓰는 철시가 빼곡히 들어차 있었기 때문이다.

넋을 놓는 하수란을 뒤로한 채 모용기는 홀로 협곡 안으로 들어섰다.

그리고는 검을 뽑아 아무렇게나 널브러져 있는 시신들을 이리저리 뒤집어 봤다.

"뭐 하는 것이냐?"

"아, 이거?"

모용기가 하수란을 힐끔 뒤돌아봤다.

하수란이 얼굴을 잔뜩 찌푸린 채 고개를 끄덕였다.

"그래. 대체 뭐 하는 짓이냐? 그건 죽은 자에 대한 모독……"

"모독이고 뭐고 아는 얼굴이 있는지 살펴봐야 할 거 아냐?

혹시라도 무한이나 명진이 섞여 있으면 진짜 큰일이니까."

아무렇지도 않은 체하며 태연한 얼굴을 가장하고 있었지만, 두 사람을 거론하는 부분에서는 그의 목소리가 은연중 미미하게 떨려 나오고 있었다.

그러나 하수란은 의외의 사태에 정신이 흐트러져 그 사실을 미처 눈치 채지 못했다. 하수란을 대신해 모용기의 떨림에 반응한 것은 막 잠에서 깨어난 담설이었다.

자신을 보듬어 주던 품이 미미하게 떨리는 것을 눈치 챈 담설이 모용기를 올려다봤다.

"소중한 사람들?"

답이 없는 모용기.

그러나 굳이 답이 필요치 않은 질문이었다.

자신의 말이 떨어지기가 무섭게 흔들리는 호흡이 그녀의 의문을 풀어 주기에 충분했기 때문이다.

담설이 침울한 얼굴로 작게 목소리를 냈다.

"미안해요. 내가 잘못 판단해서……."

모용기가 고개를 저었다.

"됐어. 네가 완전히 틀렸던 것도 아니고, 저들이 양쪽 다 노릴 줄은 나 역시 생각지도 못했으니까."

가볍게 고개를 저은 모용기는 여전히 고개를 푹 숙이고 있는 담설을 모른 체하며 하수란을 향해 시선을 돌렸다.

"아줌마, 뭐 해? 안 찾아봐? 아줌마 딸내미도 여기 있을지 모른다고."

"······내 딸?"

하수란이 눈을 또르르 굴리다가 이내 다급한 얼굴을 하고는 자리를 박찼다.

"유, 유선아!"

다급한 몸짓으로 시신과 시신 사이를 누비는 하수란을 보며 쯧 하고 혀를 찬 모용기가 이내 시선을 들었다.

협곡의 위.

그리 높지 않아 보였지만 그곳에서 활을 들이대면 속수무책일 터.

거기까지 생각이 미친 모용기가 바닥을 콕 찍 찍었다.

짧은 시간 동안 좁은 공간을 살펴 제 딸이 없는 것을 확인하고는 안도의 한숨을 내쉬며 모용기를 돌아보던 하수란은 한순간 흐릿해지는 그의 신형에 화들짝 놀라며 목소리를 냈다.

"야, 야 이놈아! 어, 어딜······!"

하수란의 두 눈이 모용기의 신형을 따라갔다. 협곡 위로 내려서는 모용기의 신형을 간신히 쫓기 무섭게 그녀 역시 급하게 바닥을 찍었다.

그리고는 모용기와 마찬가지로 협곡 위에 모습을 드러낸 그녀는 더 이상 움직이지 않고 있는 모용기를 확인하고 나서야 조금은 안심한 얼굴이었다.

"그렇게 말도 없이 움직이면…… 그보다 여긴 무슨 일로……."

하수란이 모용기를 따라 시선을 휘휘 돌렸다.

그리고는 어렵지 않게 모용기의 의도를 눈치 챌 수 있었다.

아무렇게나 꺾이고 짓눌린 듯한 흔적들.

꽤나 넓은 공간에 같은 자국이 있는 것을 확인하고는 생각보다 많은 인원이 동원됐다는 것을 단번에 알 수 있었다.

"이 정도의 인원을 동원할 정도라면……."

언뜻 봐도 세 자릿수는 족히 채울 것만 같아 보였다.

관이 작정하고 움직이고 있는 것이었다.

하수란의 얼굴이 한층 더 어두워진 얼굴로 모용기를 쳐다봤다.

"이제 어쩔 것이냐?"

"어쩌긴 뭘 어째? 일단 구해야지."

"그러니까 무슨 수……."

"아, 진짜! 그걸 지금 고민 중이잖아! 자꾸 옆에서 말 걸어서 생각 끊을 거야? 확 다 때려치워 버릴까 보다."

모용기가 짜증이 난다는 듯이 와락 얼굴을 구겼다. 하수란이 움찔하더니 입을 다물었다.

못마땅하다는 눈을 하던 모용기는 하수란이 입을 다물자 다시 미간을 좁혔다.

그러나 이렇다 할 생각은 떠오르지 않았다.

'차라리 다 때려잡으라면 때려잡겠는데.'

그게 훨씬 더 쉽다 생각했다. 시간을 두고 조금씩 갉아먹으면 충분히 가능한 일이었다.

그러나 이번 일은 그렇게 하지도 못한다는 것이 문제였으니, 마음이 답답해졌다.

"제길! 차라리 그냥 깔끔하게 죽을 것이지. 그럼 이런 고민도 안 하고 싹 쓸어버릴 텐데……."

모용기가 마음에도 없는 말을 지껄이며 걸음을 옮겼다.

눈치를 보며 입을 다물고 있던 하수란이 모용기가 움직이기 시작하자 재빨리 입을 열었다.

"뭐냐? 뭔가 좋은 생각이라도 떠오른 것이냐?"

"그런 게 어디 있어. 일단 찾아보는 거지."

하순란이 황당하다는 얼굴을 했다.

"이렇게 무작정 움직이겠다고? 아무 생각도 없이?"

"그럼 어쩌자고? 내버려 두자고? 좋은 생각이 있건 없건 일단 찾아봐야 할 거 아냐?"

"그, 그건 그럼……."

무의식적으로 고개를 끄덕이던 하수란이 이내 고개를 저었다.

"아니 이게 아니고…… 너 혼자는 무리다. 딱 봐도 숫자가 많아. 안 오라…… 아, 아니 신응교주님이 힘도 써 보지 못한 것을 보면 고수도 꽤 있는 것 같고."

모용기가 제 앞을 가로막는 하수란과 시선을 마주했다.

"그래서?"

"그래서는 무슨 그래서냐? 사람이 더 필요하다는 말이지. 일단은 성주님과 상의를……."

"그건 안 돼."

단호한 얼굴로 고개를 저으며 말을 끊는 모용기였다.

그 모습을 보며 하수란의 표정이 가라앉았다.

모용기의 생각이 무엇인지는 충분히 짐작할 수 있었던 것이다.

철자강이 전면에서 움직이면 좋든 싫든 전면전이 벌어질 터.

그것을 피하고 싶은 생각일 것이다.

그리고 그러한 마음은 그녀 역시 마찬가지였지만, 이내 고개를 저어야만 했다.

"네가 무슨 생각인지는 나도 잘 안다. 그러나 현실적으로 생각해 보거라. 어차피 성주님도 곧 아시게 될 일이다."

"뭔 소리야? 무한이네 아버지가 이걸 왜 알아? 아줌마, 신무문 되찾기 싫어? 내가 패천성 소속이 아니라도 그 정도 입김은……."

하수란이 고개를 저어 모용기의 말을 끊었다.

"성주님이 그렇게 만만해 보이더냐? 한두 달이면 모를까,

십 년을? 어림도 없는 소리 하지 말거라. 아무리 신무문이라도 그건 불가능하다."

경황이 없어 이전에는 말하지 못했던 부분이었으나, 그것을 뒤늦게나마 짚어 주는 하수란의 조곤조곤한 말투에 모용기가 끙 하고 앓는 소리를 냈다.

그러나 여전히 고개를 저을 뿐이었다.

"그래도 당장은 안 돼. 아줌마도 생각해 봐. 그 아저씨 성격에 자기 아들…… 아니지, 신응교주가 화를 당한 것을 알고도 가만히 내버려 둘 리도 없고, 그 아저씨가 나서면 진짜 대판 싸워야 돼. 그럼 진짜 다 죽어."

이번에는 하수란이 난감한 얼굴을 했다.

"그럼 어쩌자는 것이냐?"

"일단 내가 나서 볼게. 일단 내가 가서……"

그 때 모용기가 흠칫 몸을 떨며 입을 다물었다.

철무한과 명진의 일에 정신이 팔려 놓친 두 개의 기척.

이내 그의 시선이 그곳으로 향하자, 수풀 사이에서 은밀하게 몸을 감추고 있던 두 사람이 불쑥 튀어 오르며 모습을 드러냈다.

홍소천과 철영강이 불쑥 튀어 오르며 모습을 드러냈다.

탓!

가볍게 바닥을 디디며 딱딱하게 굳은 얼굴로 모용기를

쳐다보는 한 사람.

"무슨 말이냐? 관이라니? 다 죽는다니?"

정무맹의 개방주 홍소천이었다.

뒤이어 아예 살기를 드러내며 따지듯 묻는 한 사람.

"무한이는 어디 있나? 어서 대답하지 못해!"

철영강이었다.

두 사람을 확인한 모용기의 얼굴에 난처한 기색이 어렸다.

일이 틀어졌던 게다. 홀로 저들을 쫓으려던 생각을 접어야만 할 것 같았다.

난감한 얼굴로 철영강과 홍소천을 번갈아 쳐다보던 모용기가 이내 한숨을 푹 내쉬었다.

"젠장……."

빛 한 점 들어오지 않아 칠흑같이 어두운 마차의 내부.

손에 쇠사슬을 주렁주렁 매단 철무한이 큰 덩치에 어울리지 않게 눈알을 데굴데굴 굴리다가, 안호석이 눈을 뜨는 기척을 느끼고는 조심스럽게 입을 열었다.

"숙부님, 어떻습니까?"

안호석이 한숨을 푹 쉬며 고개를 저었다.

"어렵구나. 그놈이 어떻게 한 것인지는 모르겠다만, 혈을 꽁꽁 틀어막았어. 아무리 용을 써도 꿈쩍도 하지 않는구나."

고개를 절레절레 젓는 안호석을 쳐다보며 철무한이 난감한 얼굴을 했다.

이 자리에 있는 이들 중 최고수가 바로 안호석이었다. 그런 그가 안 된다면 다른 이들은 볼 것도 없었기 때문이다.

철무한의 생각이 맞다는 것을 입증하기라도 하듯 멀리서 한숨을 쉬는 듯한 늙수그레한 음성이 들려왔다.

아마도 남궁진우이리라.

그 역시 혈을 뚫어 내는 데 실패했다는 것을 어렵지 않게 짐작할 수 있었다.

철무한이 끙 하고 앓는 소리를 내며 한숨을 푹 내쉬었다.

그 때 무슨 생각이 들었는지 안호석이 한쪽 구석에서 무릎을 가슴까지 끌어당긴 채 양팔로 감싸고 있는 하유선을 쳐다봤다.

"그런데, 너."

하유선이 움찔하며 어둠 속에서 반짝이는 안호석의 눈을 쳐다봤다.

"저, 저요?"

"그래, 너 말이다."

여전히 앙금이 남은 듯 이런 상황에서도 끝내 하유선의

이름을 부르지 않는 안호석이었다.

하유선이 짐짓 섭섭하다는 얼굴을 했지만 어차피 보이지도 않을 터였다.

게다가 안호석은 제 의문을 풀어내기에 바빴다.

"넌 그놈을 아는 눈치던데, 대체 어떻게 된 것이냐?"

다행히 자신을 추궁하려는 것이 아님을 깨달은 것인지, 잔뜩 움츠러들어 있던 하유선이 안도의 한숨을 내쉬었다.

그러나 불안한 것은 여전했는지 떨리는 듯한 목소리로 입을 열었다.

"저도 잘 몰라요."

"너도 잘 모른다고? 하지만 내가 본 바로는……."

"그, 그게…… 예전에 소화의 일에……."

하유선이 어둠 속에서 철무한의 눈치를 살피더니, 이내 입술을 꼭 깨물며 표독스런 말투로 말을 이었다.

"그놈들이에요. 저한테 소화를 내놓으라 했던."

"그놈들? 아니, 그놈들이 갑자기 왜 튀어나와?"

철무한이 이해가 가지 않는다는 얼굴로 눈을 동그랗게 떴다.

제법 강호에 경험이 있는 안호석은 순식간에 얼개를 맞추고는 미간을 좁혔다.

"이거, 생각보다 대단한 놈들 같은데……."

"예? 그게 대체 무슨……."

"나중에 설명해 주마. 그보다."

안호석이 좁은 마차 안에서도 거리를 두고 있는 남궁세가의 인물들을 쳐다봤다.

그중에서도 남궁진우가 있는 자리를 콕 집어 쳐다봤다.

"자네는 저들이 누군지 짚이는 바가 없나?"

"자네도 모르는데 내가 어떻게 알겠나? 들어 보니까 패천성에서 일을 꾸미는 놈들 같은데, 덕분에 우리 아이들만 잔뜩 상했군."

불편한 기색을 굳이 감추지 않는 듯한 목소리였다.

자신을 향한 질책이 고스란히 느껴지는 남궁진우의 말에도 안호석은 얼굴을 찌푸리지 않았다.

"그 일은 나중에 사과하지. 그보다 이 일부터……."

"나중에 사과? 그걸 지금 말이라고 하나? 네놈들 때문에 우리 아이들이……."

"그럼 어쩌자는 거지? 여기서 치고받자는 건가? 말이 나왔으니까 하는 말인데, 애초에 허락도 없이 절강으로 들어와서 휘젓고 다닌 것은 네놈들이 먼저이지 않나? 내가 그것을 두고 보고만 있을 거라 생각했나? 우리가 안휘로 가서 네놈들처럼 휘젓고 다녔다면 네놈들은 두고 보고만 있었을 것인가?"

안호석의 길어진 말에 남궁진우가 할 말이 없는지 끙 하고 입을 다물고 말았다.

그리고 여전히 불편한 기색이 가득한 듯, 삐딱한 태도를 취한 채 입을 다물고 있는 남궁진우를 대신해 남궁서현이 나섰다.

"숙부님께서 말씀하신 대로 저희는 아는 바가 없습니다. 정말 교…… 주님께서도 저들이 누군지 짐작이 가지 않으십니까?"

교주란 말을 힘겹게 내뱉는 남궁서현이었다.

그러나 굳이 문제를 삼을 생각이 없었던 안호석이 고개를 끄덕였다.

"그래. 그러니까 물어본 것이지."

안호석의 대꾸에 입을 다물고 잠시 생각을 이어 가던 남궁서현이 곧 다시 입을 열었다.

"이제 어떻게 하실 생각이십니까? 쉽게 빠져나갈 수 있을 것 같지 않은데."

"글쎄……."

안호석이 심각하게 곤란하다는 얼굴을 했다.

자신들이 힘을 쓸 수 없는 상황.

결국에는 철자강의 도움을 기다려야만 하는데, 그가 자신들의 흔적을 따라올 수 있을지가 의문이었다.

그 때 안호석의 옆에 있던 철무한이 벌러덩 뒤로 누워 버렸다.

"응?"

안호석이 눈을 찌푸리며 철무한을 돌아봤다.

그러나 그보다 먼저 목소리를 낸 것은 잔뜩 독이 올라 있
던 남궁서천이었다.

남궁서천이 날이 가득 선 목소리로 입을 열었다.

"지금 뭐 하는 거지? 이 상황에서 그렇게······."

"그럼 어쩌자고?"

철무한이 태평한 목소리로 자신의 말을 끊자 남궁서천이
미간을 좁혔다.

"그러니까 지금······."

"아아, 쓸데없는 소리는 그만. 그럴 힘도 아껴 두기나 해.
어떻게든 빠져나갈 생각이 있다면 말이야."

"무슨 수로? 그러기엔 내력이······."

"내력 없어도 칼질은 할 수 있거든. 그것도 안 되면 물어
뜯기라도 해야 할 거 아냐? 왜 내 말이 틀려?"

철무한의 말에 남궁서천만이 아니라 다른 이들 역시 입
을 다물었다.

잠시 침묵이 좁은 공간을 가득 메우는가 싶었으나, 안호
석이 다시금 입을 열었다.

"그렇다고 해도 쉬운 상황이 아니다. 빠져나가려면 어떻
게든 성주님의 도움이 있어야 할 것인데······."

"걱정하지 않으셔도 됩니다."

"응?"

툭 던지는 철무한의 말에 안호석이 눈을 동그랗게 떴다.

어둠 속에서 철무한이 흡사 모용기처럼 히죽 웃으며 말을 이었다.

"내 친구들이 그렇게 만만하지 않습니다. 꼭 찾으러 올 겁니다."

참룡
회귀록

斬龍
回歸
錄

56 章.

　　진산과 홍소천, 철자강과 철영강.

　　그들의 시선이 한꺼번에 자신에게 향하자 모용기가 난감
하다는 얼굴을 했다.

　　'이걸 어디부터 시작한다?'

　　말을 꺼내기가 조심스러웠다.

　　하여 머뭇거리며 생각을 정리하려는 찰나, 그 틈을 참지
못한 홍소천이 먼저 소리를 높였다.

　　"이놈아, 얼른 말해 봐, 얼른. 이제 대체 어떻게 된 일이
냐? 남궁세가와 신응교는 어디로 갔고? 그놈들은 대체 누구
란 말이냐?"

　　홍소천이 빠르게 말을 쏟아 냈다.

제 의문을 모조리 풀겠다 작정한 듯한 모습이었다.

그 덕에 생각이 끊긴 모용기가 얼굴을 찌푸렸다.

그러나 홍소천은 아랑곳하지 않고 모용기를 다시 채근했다.

"뭘 그러고 있어? 이것저것 잴 것 없이 사실만 말하거라. 넌 그거면 충분하다. 나머지는 우리가 알아서 할 테니까……."

모용기가 한숨을 폭 내쉬며 고개를 저었다.

"안 돼요."

"응? 안 돼? 뭐, 뭐가?"

"그러니까 방주님…… 아니, 높으신 분들끼리 처리하는 거요. 그게 안 됩니다."

홍소천이 얼굴을 찌푸렸다.

"그러니까 네 녀석은 지금 우릴 못 믿겠다 뭐 그런 뜻인 게냐?"

딱 그런 뜻이었다.

그러나 모용기는 일단 고개를 저었다.

"꼭 그런 건 아니고, 상대가 상대인지라……."

그 때 여태껏 입을 다물고 있던 철자강이 목소리를 냈다.

"그들이 누구냐? 너는 알고 있는 것인가?"

문제의 핵심이라 할 수 있는 부분이었다.

철자강이 단번에 핵심을 찌르자 홍소천 역시 궁금하다는

얼굴로 입을 다문 채 모용기를 쳐다봤다.

하나 모용기는 여전히 난감하다는 듯한 얼굴을 한 채 입을 다물고 있을 뿐이었다.

잠시간 그를 지그시 쳐다보던 철자강이 다시금 입을 열었다.

"계속 그렇게 숨긴다고 문제가 해결되지 않는다. 보아하니 숫자도 많은 것 같은데 네 녀석 혼자서 처리하기는 불가능할 터. 이제 그만 털어놓거라. 다 풀어놓고 같이 고민하는 것이 이 일을 해결함에 있어 가장 빠른 길일 것이다."

철자강이 정론을 풀었다.

그러나 모용기는 쉽사리 입을 열지 못했다.

성격이 급한 홍소천이 다시 한 번 다그쳐 보려 했지만, 철자강이 손을 들어 홍소천의 입을 틀어막았다. 무작정 윽박지른다고 될 일이 아니란 것을 알기 때문이었다.

사실 윽박지르기도 쉽지 않은 녀석이란 것도 한몫했다.

그렇게 꽤 오랜 시간 동안 침묵이 흘렀다.

간혹 차를 홀짝이만 소리만이 간간이 들려올 뿐, 그 누구도 입을 열지 않았다.

그런 철자강의 기다림이 틀리지 않았다는 것을 증명이라도 하듯이 제법 많은 시간을 할애해 고민하던 모용기가 한숨을 후 내쉬었다.

'할 수 없나?'

아무리 생각해도 혼자서는 답이 없었다.

죽이는 것보다 살리는 것이 몇 배는 어렵기 때문이었다.

혼자서는 무리라고 생각을 정리한 모용기가 철자강과 홍소천을 번갈아 쳐다봤다.

"저…… 그러니까 그게……."

비로소 말문을 열던 모용기는, 그러나 이내 얼굴을 찡그리더니 다시 입을 닫아 버렸다.

침을 꼴깍꼴깍 삼키며 모용기의 입만 주시하던 홍소천이 얼굴을 찌푸렸다.

"이놈아. 왜 말을 하다 말어? 사내자식이 입을 열었으면 끝까지 해야지, 계집애처럼 소심하게……."

홍소천이 못마땅하다는 감정이 잔뜩 담긴 말투로 모용기를 타박했다.

그러나 모용기는 요지부동이었다.

직후 그의 부자연스러운 기색을 눈치 챈 철자강이 그의 시선을 따라가다가 그 끝에 걸린 진산의 얼굴을 확인할 수 있었다.

철자강이 모용기를 쳐다봤다.

"진산이…… 문제인가?"

제 눈으로 확인했지만 여전히 확신이 없는 목소리였다.

어디까지나 모용기는 정무맹 소속이었기 때문이다.

그러나 모용기는 그 기대를 깨기라도 하듯 냉큼 고개를 끄덕였다.

"예. 맹주님이 문제입니다."

온몸에 흰 천을 덕지덕지 감은 채 의문이 가득한 시선으로 모용기를 쳐다보고 있던 진산이 눈을 동그랗게 떴다.

"뭐, 뭐라? 왜 내가……."

그리고 그것은 홍소천 역시 마찬가지였다.

"그게 무슨 말이냐? 맹주가 문제라니? 그게 대체……."

반면에 철자강과 철영강은 눈을 가늘게 뜬 채 슬며시 살기를 세웠다.

그들이 무슨 생각을 하는지를 단번에 파악한 모용기가 얼른 손을 내저었다.

"아, 아니. 그게 아니고요."

철자강이 눈을 찌푸리며 모용기를 쳐다봤다.

"네 녀석 입으로 진산이 문제라 했다. 그런데 그게 아니라니? 지금 나를 가지고 놀겠다는 것이냐?"

뒤늦게 상황을 파악한 진산이 철자강을 쳐다보며 얼굴을 찌푸렸다.

"그러니까, 지금 나를 의심한단 말인가? 그러니까 나를? 허, 이것 참……."

진산이 어이가 없다는 얼굴로 절레절레 고개를 젓다가 한순간 철자강을 쳐다보던 두 눈에 살기를 피우며 이를 갈았다.

"죽고 싶은 것인가?

"죽여? 나를?"

철자강이 픽 웃음을 보였다. 그리고는 잠깐 수그러들었던 살기가 다시금 고개를 치켜들었다.

좁은 공간에서 날카로운 두 개의 살기가 서로를 겨눴다.

그것이 맞닿는 지점에 빠직빠직 기파가 이는 듯했다.

홍소천도 덩달아 긴장하며 목봉을 잡아 갔다. 철영강 역시 딱딱한 얼굴로 주먹을 움켜쥐었다.

한숨을 푹 내쉰 모용기가 이내 검지를 세워 쭉 뻗어 냈다.

정확히 살기와 살기가 격돌하는 지점이었다.

직후 흔적도, 소리도 없지만 무언가 와장창 무너지는 듯한 느낌이 들더니, 이내 두 개의 날카로운 살기가 순식간에 자취를 감추자 모든 이의 시선이 모용기에게 몰려들었다.

최근의 모용기에 대해 알지 못했던 진산과 홍소천은 당황한 기색이 역력했고, 철자강은 못마땅하다는 듯이 얼굴을 찌푸리고 있었다. 철영강은 당장이라도 주먹을 뻗을 듯이 이를 갈았다.

"건방진…… 네놈이 감히……."

그러나 철자강의 목소리가 불쑥 파고들며 철영강을 제지
했다.

"그만하라."

"하지만 성주님⋯⋯."

철자강은 다시 한 번 고개를 저어 철영강의 말을 끊은
뒤, 모용기를 쳐다봤다.

"그게 그런 의미가 아니라면, 대체 무슨 뜻이지? 말해 보
라."

"아, 그게⋯⋯."

머뭇거리는 모용기를 진산이 마음이 상한 듯 삐딱한, 그
러나 조금은 호기심이 엿보이는 얼굴로 쳐다봤다.

모용기가 난감한 얼굴을 했다.

'이거 괜히 찔렀다가 괜히 막 나가는 거 아닌가 몰라.'

그 점이 걱정이었다.

그러나 말하지 않을 수도 없었다.

'진짜 잘라 내야 하나?'

모용기의 고민이 길어졌다.

그럴수록 진산을 향한 철자강과 철영강의 불편한 눈초리
가 배가됐다.

노골적인 눈초리였다.

그러나 그 정도는 얼마든지 참을 만하다 생각했다.

진산을 자리에서 일어서게 한 결정적인 이유는 자신의

팔을 툭툭 치는 홍소천의 손길이었다.

더는 버틸 수 없게 된 진산이 얼굴을 시뻘겋게 붉힌 채 자리에서 벌떡 일어섰다.

"이런 빌어먹을! 믿을 수 없는 놈은 그만 꺼져 주지! 네 뜻대로 해 주겠다!"

모용기를 노려보는 눈에 살기가 번들거렸다.

"아, 아니 그게…… 맹주…… 그게 아니고……."

홍소천이 당황한 기색으로 만류해 보려 했지만 차갑게 잘라 내며 거친 걸음걸이로 문을 나서는 진산이었다.

멀어지는 진산의 기색에 홍소천이 난감한 얼굴로 한숨을 푹 내쉬었다.

그러나 철자강은 그제야 장애물이 치워졌다는 듯, 다시 모용기를 채근했다.

"이제 말해 보라. 진산이 믿을 수 없다니? 대체 그게 무슨 말이냐?"

모용기가 비워진 진산의 자리를 힐끔 쳐다보며 말했다.

"아, 그게…… 욕심이 워낙 많아서 어디로 튈지 몰라서 요."

모용기의 말에 철자강과 철영강이 납득했다는 얼굴로 고개를 끄덕였다.

그러나 홍소천은 얼굴을 찌푸렸다.

"이, 이놈이…… 맹주가 믿을 수 없다는 게 고작 그런 이유였더냐? 네 녀석이 맹주를 잘 모르나 본데 해야 할 일, 하지 말아야 할 일은 확실한 사람이다. 그런데 어찌……."

모용기가 픽 웃으며 홍소천의 말을 잘랐다.

"진짜 그렇게 생각하세요?"

"으, 응?"

"진짜 그랬다면 창룡검대를 놓고 성주님과 거래를 하지도 않았겠죠."

모용기가 철자강을 쳐다봤다.

"내 말 틀려요?"

홍소천이 눈을 희번덕거리며 철자강을 노려봤다.

"뭐, 뭣이? 거래?"

그러나 철자강은 담담한 얼굴이었다.

"내가 먼저 한 게 아니고 진산이 먼저 제안한 것이다."

"그, 그런…… 말도 안 되는……!"

홍소천이 믿을 수 없다는 얼굴로 두 눈을 부릅떴다.

그러나 홍소천이 믿고 말고는 중요한 사항이 아니었다.

홍소천에게 관심을 끊은 철자강이 모용기가 시선을 맞췄다.

"이제 말해 보라. 대체 그들은 누구냐? 어떤 놈들이길래 우리 패천성을 몇 번이나 건드린다는 말이냐?"

화가 날 법도 했지만 철자강의 얼굴은 평온했다.

그 표정이 진심인지 아닌지는 모르겠지만 하나는 확신할

수 있었다.

'역시 무한이네 아버지가 맹주보다는 믿을 만하지.'

고개를 끄덕인 모용기가 어딘가를 향해 시선을 돌렸다.

여전히 정신을 차리지 못하는 홍소천을 대신해 철자강이 고개를 갸웃거렸다.

"왜 갑자기 시선을…… 거기 뭐라도 있나?"

역시 의식하지 않으면 알 수 없는 일이다.

철영강이나 뒤늦게 모용기의 시선을 따라간 홍소천 역시 마찬가지였다.

"이놈아, 그렇게 의미 모를 몸짓으로 할 게 아니라 말로 하거라, 말로."

그러나 모용기는 한동안 입을 열지 않은 채 그들의 궁금증을 더해 갔다.

그리고 제법 많은 시간이 지나 그들의 의문이 한껏 고조됐을 때, 어딘가를 향해 물끄러미 시선을 던지던 모용기의 입에서 나직한 음성이 흘러나왔다.

"남경."

가부좌를 틀고 있던 담재선이 한순간 번쩍 눈을 떴다.

투둑.

신경을 집중한다 해도 흘리기 쉬운 자그마한 기척.

그 작은 소리를 놓치지 않은 것이다.

오롯이 운기에 집중하고 있는 것처럼 보였지만 귀는 활짝 열려 있었기 때문에 가능한 일이었다.

담재선이 여전히 가부좌를 튼 자세 그대로 목소리를 냈다.

"내려와라."

나직하지만 거부할 수 없는 위엄이 담긴 목소리.

투투툭.

상대가 동요한 듯 이전보다 조금 더 큰 기척이 느껴졌다.

그러나 여전히 모습을 드러내진 않았다.

상대에게 오랜 시간을 소비할 생각이 없었던 담재선이 다시 목소리를 냈다.

"네가 내려오지 않겠다면."

으르렁거리듯 낮게 깔리는 목소리.

그러나 가볍게 무시할 수 있는 것이 아니었다.

내력이라도 실린 듯 자신을 자극하는 목소리에 내부가 진탕되는 느낌이었다.

단전에서부터 무언가가 울컥 치솟아 오르더니 머리가 빙 빙 도는 것만 같은 아찔한 기분이었다.

그 상황에 더는 참을 수 없게 된 상대가 훌쩍 아래로 몸을 날렸다.

그리고는 본능적으로 담재선을 향해 검 끝을 치켜세우는 그.

흔들리는 호롱불을 가득 담은 검 끝을 물끄러미 쳐다보며 담재선이 목소리를 냈다.

"무당의 아이라고 했던가? 도호가 아마……."

"명진."

담재선이 고개를 끄덕였다.

"그랬던 것 같구나. 그런데 내게 무슨 일이지?"

"내 친구를 찾으러 왔소."

"친구?"

"설마, 패천성의 소성주를 말하는 건가?"

"그렇소."

명진이 스스럼없이 고개를 끄덕이자, 담재선이 픽 웃음을 흘렸다.

"무당의 기재와 패천성의 소성주가 친구라. 이게 퍼지면 강호가 난리가 나겠군."

"그건 당신이 신경 쓸 바가 아니오. 당신은 내 친구가 어디 있는지나 말하면 되오."

명진의 말에 담재선이 눈썹을 꿈틀거렸다.

"너는 내가 누군지 아는 것이냐?"

"내가 알아야 하오?"

"당연히 알아야지. 내가 누군지 안다면 설사 무당의 장문

인이라 할지라도 너 같은 태도를 취하지는 못할 터. 심히
건방지구나."

장문인이란 말에 명진이 미간을 좁혔다.

그러나 당장은 철무한의 일이 우선이었다.

"이 일은 상황이 달라지면 그때 가서 생각해 보겠소. 지
금은 내 친구의 일이 더 급하오. 내 친구는 어디 있소?"

"허, 그놈 참……."

담재선이 어이가 없다는 얼굴로 고개를 절레절레 저었
다.

명진은 여전히 단단한 눈으로 물러섬이 없었다.

담재선이 가부좌를 풀고 자리에서 일어섰다.

별다를 것이 없는 평범한 몸짓이었지만 받아들이는 명진
에게는 심각한 위협으로 다가왔다.

잔뜩 긴장하며 조금 움츠러드는 명진을 보며 담재선은
오히려 의외라는 얼굴을 했다.

"호오. 너도 내가 보이느냐? 어디까지 보이느냐?"

예전에 충허가 모용기에게 했던 질문이었다. 그 때는 그
의미를 몰랐지만 지금은 충분히 알 수 있었다.

명진이 고개를 저었다.

"보이지 않습니다."

"보이지 않아? 정말? 허, 이것 참……."

담재선이 어이가 없다는 얼굴을 했다.

모용기란 녀석은 상식 밖의 존재라 생각해서 그렇다 쳐도, 그럴 만한 싹을 보이는 녀석이 하나 더 나타난 것에 기가 찬 것이다.

그러나 마냥 감탄하며 내버려 두기엔 불안 요소가 컸다.

'일단 제압을 해야 하나?'

어느새 착 가라앉은 눈으로 명진을 살피던 담재선은 한순간 무슨 생각이 들었는지 눈을 반짝였다.

'아니지. 요 녀석을 잘만 이용하면 그 모용기란 녀석에게 빚을 하나 더 지울 수 있을 터.'

담재선이 저도 모르게 기분 좋은 웃음을 흘렸다.

그리고 그 웃음에 반사적으로 더 긴장한 기색의 명진.

그런 명진을 쳐다보며 담재선이 손짓을 했다.

"이리 와 보거라. 네 친구를 구할 방법을 같이 생각해 보자꾸나."

장원에서 가장 높은 전각.

그 지붕 위에 앉아 있는 모용기를 서늘한 바람이 스쳐 지나갔다.

미약한 바람이었지만 길게 늘어진 앞머리가 나풀거리며 흔들렸다.

"제길. 맨날 묶어도 어디서 그렇게 삐져나오는지. 그냥 확 다 잘라 버릴까?"

시야를 가리려는 머리카락을 짜증이 깃든 손놀림으로 쓸어 넘겼다. 그러나 멀리 한쪽 구석에서 칼질에 여념이 없는 사영명을 힐끔 쳐다보고는 고개를 저을 수밖에 없었다.

"아니지. 그랬다간 안 나면 그것도 큰일이지."

사영명을 보며 어렴풋이 짐작이 갔다.

머리숱이 풍성한 것은 분명 축복이었다.

귀찮다고 함부로 대할 것이 아니었다.

잠깐 실없는 생각에 빠졌던 모용기는 이내 픽 웃으며 그것을 털어 냈다.

그리고는 그의 머리는 이내 현실로 다시 복귀했다.

"이상하단 말이지."

도무지 이해가 되지 않는 일이었다.

적의 입장에서 신응교와 남궁세가의 무리를 굳이 잡아 둘 이유가 있을까?

아무리 생각해 봐도 그럴 만한 이유를 찾을 수가 없었다.

차라리 죽이는 것이 훨씬 더 낫다는 생각만 들 뿐이었다.

적의 목적은 어디까지나 정사의 대립.

신응교와 남궁세가의 무리를 잡아 둔다고 목적한 바를 이룰 수 있는 것은 아니었다.

'도대체? 왜?'

적의 의도를 파악하려 모용기의 머리가 빠릿빠릿하게 돌아갔다.

그러나 항상 느끼는 것이지만 이러한 일을 잘하는 것은 다른 이들이었지, 자신이 아니었다.

그러나 문제라고 한다면 당장 도움을 구할 곳이 없다는 점이었다.

막막한 마음에 모용기가 저도 모르게 한숨을 푹 내쉬었다.

"하아……."

"그 녀석 한숨은…… 무슨 생각을 그리 하는 것이냐?"

불쑥 튀어나온 목소리였지만 모용기는 크게 개의치 않는 듯한 얼굴이었다.

자신이 자리 잡고 있는 전각으로 접근할 때부터 그의 기척을 잡아 두고 있었기 때문이다.

"오셨습니까?"

자리에서 일어서지도 않고 고개만 돌리는 모용기였다.

그 모습에 홍소천이 못마땅하다는 눈으로 얼굴을 찌푸렸다.

"버르장머리하고는. 어른이 왔으면 일어서기는 해야 할 것 아니냐?"

"저도 그러고 싶은데 얘 때문에……."

모용기가 자신의 품 안에서 고이 잠든 담설을 향해 눈짓

했다.

눈살을 찌푸리던 그는 언제 그랬냐는 듯이 신색을 바로 하며 모용기의 옆으로 다가서며 고개를 갸웃거렸다.

"그렇지 않아도 한번 물어보려 했는데, 이 아이는 대체 누구냐? 누군데 그렇게 끼고돌아?"

"끼고도는 게 아니고, 얘가 안 떨어지는데 어떻게 합니까?"

"안 떨어져? 왜? 너 혹시 무슨 책임질 일이라도 한 것이냐?"

"책임질 일을 하긴 했죠."

담재선과의 약속을 말하는 것이다.

그러나 홍소천은 다른 것을 생각했는지 두 눈을 동그랗게 뜨며 되물었다.

"저, 정말? 정말 책임질 일을 한 것이냐? 제갈가의 그 꼬맹이는 어쩌고? 네 녀석이 좋아하는 건 그 꼬맹이 아니었느냐? 고새 마음이 바뀐 게야?"

홍소천의 말에 모용기가 얼굴을 찌푸렸다.

"무슨 소리 하시는 겁니까? 마음이 바뀌긴 뭐가 바뀌어요?"

"네 녀석이 방금 네 입으로 말하지 않았더냐? 책임질 일을 했다고."

"아, 그게 그런 뜻이 아니고……."

"그런 뜻이 아니면? 이번엔 또 무슨 연유냐?"

모용기가 품 안의 담설을 내려다봤다.

"얘가 좀 아파요."

"또?"

"뭐, 뭐가 또예요? 누가 그렇게 아팠다고…….."

"제갈가의 그 꼬맹이가 그렇게 아팠었지 않느냐. 네 녀석이 그래서 그렇게 난리를 쳤던 것이고. 그러고 보니…….."

홍소천이 담설을 힐끔거리며 말을 이어 갔다.

"그래, 이번엔 또 뭐냐? 어디가 그렇게 아픈데 의원에도 못 맡기고 끼고도는 게야? 설마…… 또 뭐 이상한 독은 아니겠지?"

모용기가 신기하다는 눈으로 홍소천을 쳐다봤다.

"어떻게 아셨어요?"

"응? 뭐가 말이냐?"

"얘 독에 중독된 거. 그것도 특이한 거라 아무나 못 고치는 거. 어떻게 아셨어요?"

"허…….."

홍소천이 기가 차다는 얼굴을 했다.

그리고는 모용기를 쳐다보는 얼굴이 잔뜩 찌푸려졌다.

"네 녀석은 대체…… 내가 딸이 없어서 다행이지, 어디 너 같은 놈을 두고 발 뻗고 잠이나 잘 수 있겠느냐? 만나는 여자마다 죄다 독에 중독돼서는…….."

홍소천이 혀를 찼다.

"얘는 나 만나기 전부터 이랬거든요."

모용기가 억울하다는 얼굴을 했다.

"시끄럽다, 이놈아. 이거 근처에 있어도 되나 몰라. 이러다가 나까지 중독되면……."

"아니라니까요!"

모용기가 버럭 소리를 높였다.

그러나 이내 고개를 절레절레 저으며 본론을 꺼냈다.

"그보다, 좀 알아보셨어요? 흔적은 있어요?"

그제야 홍소천도 장난기 가득한 얼굴을 딱딱하게 굳히더니 주위를 휘휘 살피고는 목소리를 낮췄다.

"그래. 어찌어찌 꼬리는 잡았다."

그러나 홍소천의 얼굴은 여전히 딱딱하게 굳어져 있었다.

"그런데 문제가 좀 있다."

"문제요? 그게 뭔데요?"

"꼬리를 잡긴 했는데 꼬리가 너무 많아. 아무래도 시간이 좀 걸릴 것 같다."

"흐음……."

무언가 언짢은 듯 조용히 콧숨을 내쉬는 모용기였다.

예상했던 바이기는 하나 개방이라면 혹시나 하는 기대가 있었던 것이다.

그러나 혹시나가 아니라 역시나였다.

모용기가 미간을 좁혔다.

'몇 군데 짐작 가는 곳이 있기는 한데…….'

모용기가 홍소천을 물끄러미 쳐다봤다.

홍소천이 제 뺨을 더듬더듬 짚으며 말했다.

"왜 그러느냐? 내 얼굴에 뭐 묻기라도……."

"아니, 그게 아니고요."

"그럼 뭐냐?"

"아닙니다, 아무것도. 잠깐 다른 생각이 떠올라서."

가뜩이나 그들을 어찌 아는지 틈이 날 때마다 들들 볶아
대는 홍소천이었으니, 이것까지 짚어 주면 숨도 쉬지 못하
게 몰아붙일 것이 눈에 선했다. 그것만큼은 절대 사절이었
다.

"그 녀석 참, 무슨 비밀이 그리 많은지……."

"그보다 얼마나 걸릴까요?"

"글쎄……."

제아무리 개방이 나섰다 할지라도, 작정하고 혼선을 주
는 적을 상대로 정확한 정보를 빠르게 잡아내는 것은 상당
히 어려운 일이었다. 조금 시간이 걸릴 것 같았다.

"빠르면 한 달? 아무래도 그보다는 좀 더 걸릴 듯도 한
데……."

모용기가 난감하다는 얼굴로 한숨을 폭 내쉬었다.

태연한 척해도 내심 명진과 철무한이 걱정되었던 것이다.

'어차피 들들 볶이는 거, 좀 더 볶인다 생각하고 그냥 털어놓을까?'

모용기가 심각한 얼굴로 입을 다물었다.

홍소천이 호기심 가득한 얼굴로 입을 떼려는 찰나.

모용기가 눈빛을 반짝이며 시선을 들었다.

"응?"

모용기에게 슬며시 고개를 들이밀던 홍소천이 기겁을 하며 머리를 뺐다.

"이, 이놈이! 갑자기 그렇게 고개를 쳐들면……!"

그러나 홍소천은 제 말을 끝까지 쏟아 내지 못했다.

내력을 담은 듯 쩌렁쩌렁 울려 퍼지는 목소리.

그것이 홍소천의 입을 틀어막았기 때문이다.

"모용기 이놈! 당장 나오지 못하겠느냐!"

예상치 못한 인물의 등장에 모용기가 양미간을 찌푸렸다.

"어째 하나가 아니라 둘이라 했더니……."

장원의 한가운데 서서 자신의 이름을 외치고 있는 두 사람.

음양이로 때문이었다.

그러나 그것도 잠시, 명진과 철무한의 행방을 알 수 있다는 생각에 모용기가 얼굴을 활짝 폈다.

모용기가 히죽 웃으며 앞으로 나서더니 음양이로를 향해 손을 흔들었다.

"할배들, 오랜만."

양노가 기가 차다는 얼굴을 했다.

"네놈은 어떻게 생겨 먹은 게…… 지금 상황이 어떤지나 알고 시건방진 행동을 떠는 것이냐?"

말 속에 칼이 숨어 있었다.

여차하면 신응교와 남궁세가가 어떻게 될지도 모른다는 위협.

그러나 모용기는 눈 하나 깜빡하지 않았다.

"그럼 울까? 그랬으면 좋겠어? 그게 다 죽어 가는 노친네 들 소원이라면 그 정도는 들어줄 수도 있는데. 그런데 할배 들 그건 알아? 지금 상황은 할배들이 더 나쁜 것 같은데?"

음양이로를 중심으로 두고 진산과 철자강을 필두로 정무 맹과 패천성의 고수들이 원을 그리듯 둘러싸고 있었다.

절대로 빠져나가지 못할 포위망.

양노가 얼굴을 와락 구겼다.

"네놈들이 이런 식으로 나오면 창룡검대와 신응교가 무 사할 수 있을 것 같으냐! 신응교주와 창룡대주의 목이라도 떨어져야 그제야 후회를 할 것이냐!"

포위망을 좁히던 정무맹과 패천성의 고수들이 움찔하며

걸음을 멈췄다.

양노의 위협이 제대로 먹혀든 것이다.

그러나 모용기 여전히 별다른 동요가 없는 얼굴이었다.

"진짜 그렇게 될지는 두고 봐야 할 일이고, 할배들 일은 당장 닥친 일 아니야? 나라면 그렇게 소리 지를 게 아니라 그것부터 걱정할 텐데. 내 말 틀려?"

"이, 이놈……!"

양노가 모용기의 뺀질뺀질한 낯짝을 쳐다보며 이를 갈았으나, 음노가 한숨을 푹 내쉬더니 그의 어깨를 짚었다.

"왜?"

"내가 하지."

끙 하고 앓는 소리를 내는 양노를 대신해 음노가 앞으로 나섰다.

그리고는 모용기와 시선을 맞추며 입을 열었다.

"오늘은 싸우자고 온 것이 아니다."

"그건 할배들이 정할 게 아니고. 내가 할배들이 싸우자면 싸우고, 말자면 마는 호락호락한 사람으로 보여? 나 그렇게 쉬운 남자 아닌데?"

음노가 고개를 저었다.

"우리가 돌아가지 않으면 그 즉시 그들의 목이 떨어진다는 것 정도는 네 녀석도 잘 알고 있을 터. 마음에도 없는 말은 그만하고, 이거나 받아라."

음노가 오른손을 휙 내저으며 무언가를 퉁 하고 튕겨 냈다.

쉭 하는 파공성과 함께 날카롭게 날아드는 그것은 곱게 접힌 서신이었다.

어렵지 않게 서신을 낚아챈 모용기가 제 손에 잡힌 서신과 음양이로를 번갈아 쳐다봤다.

"이게 뭔데?"

그러나 음노는 모용기의 의문을 풀어 주기보다는 제 말이 먼저였다.

"네놈 혼자다. 명심해라."

그리고는 신형을 휙 돌리더니 양노의 어깨를 툭 쳤다.

"이제 가세."

여전히 당장이라도 씹어 먹을 듯한 눈으로 모용기를 노려보는 양노였다.

"운도 좋은 놈."

그리고 그 말을 마지막으로 어쩔 수 없다는 듯이 음노를 따라 몸을 휙 돌렸다.

그러나 여전히 포위망을 풀고 있지 않은 정무맹과 패천성의 고수들.

그중에서도 철영강이 한 걸음 앞으로 나서며 둘을 노려봤다.

"네놈들이 내키는 대로 행동하게 내버려 둘 정도로 우리 패천성이 만만해 보이는 것이더냐? 올 때는 네놈들 마음대로였겠지만, 갈 때는 그렇지 않다. 정 가고 싶으면 신응교와 무한이를……."

그 때 모용기가 고개를 저으며 철영강의 말을 끊었다.

"그냥 보내 줘요."

철영강이 대번에 얼굴을 구겼다.

"이, 이 건방진…… 네놈이 감히 내게 이래라저래라……."

그러나 철영강은 이번에도 말을 끝까지 잇지 못했다.

자신의 어깨 위에서 느껴지는 익숙한 감촉.

어느새 다가선 철자강이 고개를 저었다.

"그만 물러서거라."

"하지만 성주님! 신응교주와 무한이가……."

철자강이 다시 한 번 말없이 고개를 저었다.

철영강이 억울하다는 눈으로 한순간 이를 악무는가 싶더니, 이내 힘없이 고개를 저으며 한 걸음 뒤로 물러섰다.

"모두 물러서라!"

철영강의 명령에 패천성의 무사들이 한쪽으로 길을 텄다.

그러나 여전히 남아 있는 정무맹의 무사들.

홍소천이 진산을 힐끔 쳐다봤다.

진산은 딱딱한 얼굴로 음양이로를 노려본 채 별다른 말이 없었다.

홍소천이 한숨을 푹 내쉬며 목소리를 냈다.

"우리도 물러서지."

여전히 대꾸가 없는 진산.

그러나 홍소천은 그에게서 관심을 끊어 내고 주위를 향해 손을 휘둘렀다.

"모두 물러서라."

저들에게 잡히고, 닷새 이후로 더 이상의 이동은 없었지만 감금된 상태는 여전했다.

그렇게 눈 깜짝할 사이에 보름이 지났다.

처음에는 꼬박꼬박 혈을 잡는가 싶더니 이제는 그런 것도 없었다.

그러나 내력을 쓸 수 없는 것은 여전히 마찬가지였다.

철무한이 안호석을 돌아봤다.

"숙부님 이거……."

"아무래도 산공독인 것 같구나."

혈을 짚지 않았음에도 내력을 끌어올릴 수 없게 만드는 것은 오직 그것뿐이다.

한숨을 푹 내쉬는 안호석을 쳐다보며 철무한이 난감하다는 얼굴을 했다.

"그렇다고 안 먹을 수도 없고……."

먹지 않는다면 시간이 지나 자연히 흩어지는 것이 산공독이었다.

그러나 힘을 쓸 수 없는 것은 마찬가지였다.

몸에 기력이 떨어지기 때문이었다.

철무한이 다시 한 번 안호석을 쳐다봤다.

"어떻게 먹지 않는 것 말고 다른 방법은 없겠습니까?"

안호석이 고개를 저었다.

"먹지 않는 것 혹은 해독약. 내가 아는 것은 그 둘뿐이다."

철무한이 얼굴을 찡그렸다.

그러나 다시 얼굴을 고치고 남궁진우에게 시선을 던졌다.

"남궁 장로님은…… 어떻게 방법이 없겠습니까?"

그러나 방법이 없기는 남궁진우 역시 마찬가지였다.

말없이 고개를 젓는 남궁진우를 보며 철무한이 난감하다는 얼굴을 했다.

그러나 여전히 포기하지 않은 기색이었다.

"그냥 먹지 말까? 내력이라도 쓸 수 있으면 지금보다는 나을 것 같긴 한데……."

그 때 한쪽 구석에서 웅크리고 있던 하유선이 입을 열었다.

"그렇게 내버려 두진 않을 거예요. 저들도 머리가 있으니까."

하유선이 정곡을 찌르자 철무한이 끙 하고 앓는 소리를 냈다. 그리고 그제야 머리를 굴리는 것을 포기한 기색이었다.

'진짜 기아 놈을 기다려야 하는 건가……'

그러나 자신들의 꼴이 이래서는 모용기가 오더라도 쉽지 않을 터였다.

철무한이 한숨을 푹 내쉬었다.

그리고 기다렸다는 듯이 들려오는 소리.

꼬르륵.

철무한이 쩝 하고 입맛을 다시며 배를 문질렀다.

남궁서천이 얼굴을 찌푸리며 철무한을 타박했다.

"네 녀석은 지금 이 상황에 꼭 그래야 하나?"

"그럼 어쩌자고? 난 덩치가 커서 이 몸을 움직이려면 먹는 것도 많아야 한다고."

"그래도 때와 장소는 가려야 할 것 아닌가? 지금 이 상황에……"

눈을 찌푸리며 말을 잇던 남궁서천은 한순간 입을 다물 수밖에 없었다.

멀리서부터 부스럭거리는 기척.

철무한의 신체가 정직하다는 것을 알려 주기라도 한다는

듯이 밥시간이 돌아온 것이다.

끼이익.

낡은 문이 긁히며 열리는 소리와 함께 검은 복장을 한 인영 하나가 양손에 봇짐을 든 채 안으로 들어섰다.

내키지는 않지만 일단 먹고 볼 일이다.

"꿍차!"

봇짐을 받으려 몸을 일으키던 철무한은 한순간 눈을 동그랗게 떴다.

"어 넌……."

시커먼 복장으로 온몸을 두른 채 얼굴만 내놓고 있는 이.

마주 선 채 한동안 시선을 교환하던 그가 비로소 입을 열었다.

"멍청한 놈."

명진이었다.

할 말이 없어진 철무한이 끙 하고 앓는 소리를 냈다.

그러나 이내 정신을 차리고는 입을 열었다.

"그런데 넌 어떻게 된 거야? 여길 어떻게 들어왔어? 이 복장은 또 뭐고? 다른 사람들은?"

숨 돌릴 틈도 없이 빠르게 의문을 쏟아 내는 철무한이었다.

명진이 슬쩍 얼굴을 찌푸리는가 싶더니 이내 고개를 저었다.

"다른 사람은 없다. 나 혼자다."

"뭐?"

철무한이 눈을 동그랗게 떴다.

그리고는 기가 차다는 얼굴로 다시 목소리를 냈다.

"너 혼자? 너 제정신이야? 여기가 어디라고……."

그 순간 철무한의 어깨에 내려앉는 안호석의 손길.

철무한이 말을 멈추고 시선을 돌리자 안호석이 고개를 저었다.

"잠깐 비켜 보거라."

"어? 아, 예."

철무한이 주춤거리며 물러서자 안호석이 드디어 명진과 시선을 맞췄다.

"너 혼자라고? 다른 사람은 없고?"

"그렇습니다."

"바로 쫓아왔나 보군. 내 말이 맞나?"

명진이 고개를 끄덕였다.

안호석이 미간을 좁히며 다시 질문했다.

"악노이는? 그는 어떻게 됐나? 그렇게 호락호락한 녀석이 아닐 텐데."

악노이란 말이 나오자 여태껏 재깍재깍 대답하던 명진이 망설이는 얼굴을 했다.

그러나 마냥 숨길 일이 아니라고 생각한 그는 있는 사실 그대로 말하기로 했다.

"저는 죽이지 않았습니다."

"네가 죽이지 않았다? 그, 그럼……."

명진이 철무한을 힐끔거리며 말했다.

"그를 제압하고 저 녀석을 쫓아 협곡으로 갔다가 되돌아 왔을 때는 이미 싸늘하게 식어 있었습니다."

안호석이 얼굴을 와락 구겼다.

"이, 이런!"

내력을 쓰지 못해도 살기는 여전히 날카로웠다.

잔뜩 날이 선 무형의 기운이 명진을 향하자 철무한이 얼른 그의 앞을 막아섰다.

"수, 숙부님. 이 녀석이 거짓말을 할 리는……."

"비켜라."

"하지만 숙부님, 이 녀석은……."

안호석이 고개를 저었다.

"나도 안다. 저 녀석이 거짓말을 할 리가 없다는 것 정도 는…… 굳이 여기까지 따라와서 그럴 이유는 없겠지."

"그, 그럼?"

"아직 물어볼 것이 남았다. 비켜라."

철무한은 여전히 고민이 남아 있는 얼굴이었으나 더는 가로막을 명분이 없다 여긴 것인지 어쩔 수 없다는 표정으로 길을 텄다.

안호석의 시선이 다시금 명진에게 꽂혔다.

"이제 네 눈으로 확인했으니 그만 돌아가는 것이 어떻겠나?"

명진이 못마땅하다는 듯이 눈매를 좁혔다.

"무슨 말이시죠?"

"말 그대로다. 그만 돌아가라."

한쪽으로 물러섰던 철무한이 슬며시 끼어들며 입을 열었다.

"숙부님, 기껏 도와주러 왔는데 굳이 다시 돌려보낼 필요는…… 일단 여길 빠져나가는 게……."

안호석이 다시 고개를 저었다.

"빠져나갈 생각을 하니까 돌아가라는 것이다. 돌아가서 다른 이들을 데려오거라. 너 혼자서는 무리다."

철무한이 뒤늦게 깨달았다는 듯이 손가락을 딱 하고 튕겼다.

"그, 그러네."

자신들이 힘을 쓰지 못하는 이상 모든 부담이 명진에게 쏠릴 터.

제 아비인 철자강은 말할 것도 없었고, 제 할아비인 유진산을 내세운다 해도 장담할 수 없는 일이었다.

철무한이 명진을 쳐다봤다.

"아무래도 숙부님 말씀이 맞다. 너 그냥 가라. 가서 다른 사람들……."

그러나 명진은 고개를 저었다.

"그럴 수 없다."

"어? 왜? 너 혼자서는 감당이 안 된다니까? 여기서 빠져 나가려면⋯⋯."

"그건 나도 안다."

"그, 그럼?"

"저들이 계속 이곳에 머무른다는 보장이 없다. 난 남아야 한다."

그 말에 철무한과 안호석이 입을 다물었다.

일리가 있는 말이었기 때문이다.

그 때, 그들의 대화를 묵묵히 듣고만 있던 남궁진우가 저도 모르게 신음성을 흘리며 목소리를 냈다.

"으음⋯⋯ 영리하군. 그런데⋯⋯ 자네는 누구지?"

"명진입니다."

"명진? 어디서 들어 본 것 같기는 한데⋯⋯."

익숙한 도호에 남궁진우가 선뜻 떠오르지 않는 기억을 들추며 연신 고개를 갸웃거렸다.

다만 그의 고민 오래가지 않았다. 남궁서천의 입에서 해답이 흘러나왔기 때문이다.

"무당입니다."

"무당? 무당이라고? 무당이 왜? 아니 그보다⋯⋯ 무당의 명진이라면⋯⋯."

두 눈을 동그랗게 뜨는 남궁진우였고, 그것은 남궁서현 역시 마찬가지였다.

정무맹이 자랑하는 최고의 기재가 패천성의 요인들과 태연한 얼굴로 말을 주고받고 있었으니 이해가 되지 않았던 것이다.

그러나 명진은 그 의문을 풀어 주기보다는 어느새 시선을 돌려 철무한에게 손을 내밀었다.

"받아라."

"응? 뭘?"

"해약이다."

"뭐?"

철무한이 눈을 동그랗게 떴다. 다른 이들 역시 흠칫 몸을 떨었다.

철무한이 잽싸게 손을 뻗었다.

"이걸 왜 이제……."

그러나 철무한의 손이 닿기도 전에 명진이 먼저 손을 뺐다.

"왜? 왜 또?"

명진이 고개를 저었다.

"지금 먹으란 것이 아니다."

"응? 그럼?"

철무한이 어리둥절한 얼굴을 하는데 남궁진우가 명진의

말을 받았다.

"그렇군. 지금 당장은 먹어 봐야 소용이 없지. 저들이 만만치 않으니까."

명진이 고개를 끄덕였다.

"그렇습니다. 고수가 상당히 많은 것 같습니다. 일단 상황을 살피면서 틈을 봐야 할 것 같습니다."

그리고는 손 안의 자그마한 주머니를 철무한에게 툭 던졌다.

얼떨결에 해약이 든 주머니를 받아 든 철무한이 다시 입을 열었다.

"그럼 이거 언제 먹을까?"

"신호를 주지. 그 때까지 참아."

철무한이 고개를 끄덕였다.

할 말을 다 마친 명진이 더 볼 것도 없다는 듯이 신형을 돌리려는데, 안호석의 목소리가 그의 발길을 붙잡았다.

"잠깐."

"왜 그러십니까?"

"옆방에도 다른 이들이 있다. 아무래도 이것만으로는 부족할 듯싶은데……."

철무한의 손에 들린 주머니를 힐끔거리며 말하는 안호석을 보며 명진이 곤란하다는 얼굴을 했다.

그러나 곧 고개를 끄덕이며 신형을 돌렸다.

"가능하면…… 더 구해 보겠습니다."

신응교와 창룡검대를 잡아간 이유.

이전에는 알 수 없었지만 이제는 확실히 알 수 있었다.

"함정이에요."

담설의 말에 모용기가 고개를 끄덕였다.

"나도 알아."

그러나 이번에는 다른 의문이 꼬리를 물었다.

"근데 왜 하필 나지?"

정확히 자신을 노리는 함정이란 것은 어렵지 않게 알 수 있었다.

문제는 적이 그럴 이유가 무엇이냐는 것이었다.

진산이나 철자강이라면 몰라도 굳이 자신을 노려 함정을 팔 이유가 없다 생각했다.

모용기가 미간을 좁히며 그 이유를 파악해 보려는데 이번에도 담설의 목소리가 따라붙었다.

"저들의 일을 두 번이나 방해했다고 들었어요."

"응?"

"철장방에서 한 번, 패천성에서 한 번. 저들이 이를 갈 이유는 충분하지 않겠어요?"

"아, 아니 그건……."

무언가 변명이라도 해 보려던 모용기였으나 이내 한숨을 푹 내쉬고 말았다.

"그걸 다 쌓아 두고 있었다 이거지?"

"자신이 손해를 본 것은 절대 잊어 먹지 않는 족속들이니까요."

담설의 말에 모용기가 끙 하고 앓는 소리를 냈다.

그러나 한편으론 마음이 홀가분했다.

마음속에 자리 잡았던 의문은 확실하게 풀렸으니까.

'좀 더 숨기고 싶었는데, 어쩔 수 없나? 어? 그러면…….'

하나 뒤이어 떠오른 생각은 또다시 그를 침잠하게 만들었다.

저들이 자신을 주목하기 시작했다는 것은 그의 존재가 드러났다는 것.

그것은 자신의 본가인 모용세가에도 위협을 가할지도 모른다는 것과도 결부되는 일이었다.

아니, 십중팔구는 그러할 것이다.

머리를 굴려 보지만 마땅한 대책이 떠오르지 않았다.

그리고 스쳐 지나가는 추레한 얼굴.

'이거 또 홍 방주님한테 신세 좀 져야겠는데…….'

자꾸 갚아야 할 빚만 쌓여 가는 느낌이었으나, 그렇다고 두고만 볼 수는 없는 일이었다.

결국 홍소천에게 기대야만 할 것 같았다.

'그건 그렇게 정리하고……'

생각을 마친 모용기가 자리에서 벌떡 일어서자 담설이 반사적으로 그의 소매를 낚아챘다.

"어디 가려고?"

"어디긴 어디야? 화과산이지. 저들이 나보고 그리로 오라잖아."

"하, 하지만 함정……"

"그럼 어떻게 해? 명진이랑 무한이 자식을 저대로 내버려 둬? 그럼 진짜 죽는다고."

"그렇지만 이대로 가면 당신이 죽어요. 아니지, 그 친구들과 같이 죽어요. 그걸 몰라서 하는 말이에요?"

모용기가 새삼스럽다는 눈으로 담설을 쳐다봤다.

모용기의 시선이 부담스러웠는지 담설이 슬며시 그의 시선을 피했다.

"왜, 왜 그렇게……"

"아니, 말도 잘 하네 싶어서. 그동안은 왜 그렇게 짧게만 말한 거야? 말 못하는 것도 아닌데."

모용기를 만난 이후로 담설이 말을 길게 한 것은 지금이 처음이었다. 다급한 마음에 저도 모르게 말문이 트였던 게다.

그것이 신기해서 말을 꺼낸 것인데, 은은하게 뺨을 붉히며 시선을 피하는 담설이었다.

예전으로 다시 돌아간 듯한 그녀의 모습에 괜히 말을 꺼냈다는 생각이 든 모용기가 쩝 하며 입맛을 다셨다.

그러나 이내 고개를 휘휘 저으며 다시 신형을 돌리려는 순간.

담설의 손이 모용기의 옷깃에서 여전히 떨어지지 않은 채 그의 걸음을 방해했다.

모용기가 난감하다는 얼굴을 했다.

"이거 좀 놓고……"

"싫어요."

"나 진짜 바빠. 지금 출발해도 간당간당할 것 같은데."

"그러니까 가지 말아요."

"야! 그럼 내 친구들은 어쩌라고? 걔들 진짜 죽는다고!"

모용기가 저도 모르게 목소리를 높였다.

그러나 담설은 흠칫 몸을 떨면서도 모용기의 옷깃을 잡은 손을 놓지 않았다.

"공자가 가면 공자도 같이 죽어요."

고집불통이었다.

떨쳐 내려면 어렵지 않게 떨쳐 낼 수 있었지만 이런 성격은 후환이 두렵다.

무슨 짓을 할지 가늠이 되지 않기 때문이었다.

독한 마음을 먹으면 제 목도 충분히 그어 버릴 수 있을 터.

담재선의 강력한 빙공을 떠올리면 절대로 있어서는 안 될 일이었다.

모용기가 끙 하고 앓는 소리를 내더니 다시금 의자에 자리를 잡았다.

그리고는 자꾸만 자신의 시선을 피하는 담설과 억지로 눈을 맞춘 채 입을 열었다.

"내가 네 아버지랑 약속을 했거든."

"알아요. 그래서 내가⋯⋯."

모용기가 고개를 끄덕이며 담설의 말을 끊고는 제 말을 쏟아 냈다.

"네가 날 어떻게 볼지는 모르겠는데, 내가 약속은 잘 지키는 편이야."

"그래서요?"

"그래서는 무슨 그래서야? 네 아버지랑 한 약속도 지키겠다는 말이지. 나 안 죽는다고."

모용기의 확신이 가득한 눈동자.

그러나 그것을 마주한 담설은 눈매를 찌푸릴 수밖에 없었다.

"그게 그렇게 마음대로⋯⋯."

"어. 돼. 그러니까 걱정할 필요 없어. 너 고칠 때까지는 약속 지키느라 죽지도 못하니까."

담설의 눈동자가 어지럽게 흔들렸다.

모용기의 옷깃을 잡고 있던 손아귀가 슬그머니 풀어지는 것을 느낄 수 있었다.

그러나 담설은 완전히 미련을 떨치지 못하고 다시 말했다.

"그, 그럼 나도⋯⋯."

"그건 아니지. 그럼 진짜 죽으니까. 하 씨 아줌마한테 말해 둘 테니까 넌 여기서 기다리고 있어."

그리고는 담설의 마음이 변할 새라 잽싸게 몸을 일으켰다.

그러나 모용기가 걸음을 옮기기도 전에 담설이 제 손에 다시 힘을 가했다.

모용기가 얼굴을 찌푸렸다.

"왜 또?"

"하나만 더 물어볼게요."

"뭔데?"

"이제껏 한 약속들⋯⋯ 그것들 다 지켰어요?"

모용기가 픽 웃으며 소매를 떨쳤다. 펄럭 소리가 나더니 담설의 손이 힘없이 떨어져 나갔다.

"어?"

당황이 가득한 짧은 목소리.

어느새 동그랗게 커진 눈으로 자신을 쳐다보는 담설을 향해 모용기가 장난스런 미소를 지은 채 고개를 저었다.

"아니."

그리고는 담설이 뭐라 말을 하기도 전에 휙 몸을 뺐다.

한동안 멍청한 얼굴을 하고 있던 담설은 뒤늦게 정신을 차리며 와락 얼굴을 찡그렸다.

"모용기, 이 나쁜 놈아!"

서유기의 배경이 된 화과산은 일 년 사계절 내내 꽃이 피고 과일이 가득하다는 설명 그대로 경관이 수려하기 그지없었다.

느릿느릿 산을 오르며 주변을 휘휘 살피던 모용기는 그 풍광에 흠뻑 빠져 어느새 명진과 철무한의 일도 저 멀리 밀어내고 있었다.

그리고는 아쉽다는 얼굴을 했다.

"연아랑 같이 왔으면 좋았을 텐데……."

다시 만나면 이것저것 해 보고 싶은 것이 많았다.

그러나 바삐 흘러가는 상황에 어느 것 하나도 이루어 내지 못했다.

그리고 그것은 앞으로도 당분간은 마찬가지일 터였다.

모용기가 입맛을 쩝쩝 다셨다.

그리고는 잡념을 날려 버리듯 고개를 휘휘 저었다.

이제 목적지가 얼마 남지 않았기 때문이다.

"웃차!"

모용기가 크게 기지개를 켜며 몸을 이리저리 틀었다.

투둑, 투둑 하며 관절이 풀리는 소리가 잠시 들려오더니 어느새 개운해진 얼굴이었다.

"몸 상태는 좋고……."

나지막하게 중얼거리던 모용기가 바닥을 콕 찍었다.

모용기의 신형이 엿가락처럼 쭉 늘어지며 단숨에 삼십여 장을 뛰어넘었다.

그 순간 양측의 수풀이 흔들리며 동요하는 모습들이었다.

그것을 힐끔 돌아본 모용기가 딱딱한 얼굴을 했다.

'생각보다 수가 많은데…….'

퇴로를 찾기가 쉽지 않을 것 같았다.

그러나 모용기는 고개를 휘휘 저으며 발끝에 힘을 더했다.

이제는 잔상조차 남기지 않을 정도로 빠른 속도.

채 일각이 지나지 않아 산중이라 믿기지 않을 만큼 거대한 장원이 모습을 드러냈다.

그리고 단숨에 담장을 뛰어넘는 모용기.

툭 소리를 내며 불쑥 튀어나온 그의 모습에 모든 이의 시선이 몰려들었다.

"어? 네놈……!"

양노가 가장 먼저 반응하며 이를 갈았다.

그러나 모용기는 양노에게 시선도 주지 않은 채 장내의
인물들을 쭉 돌아보며 히죽 웃음을 보였다.

"다 죽었어."

〈9권에 계속〉